成功者がくれた運命の鍵

# CHANCE

チャンス

犬飼ターボ

TURBO INUKAI



飛鳥新社

チャンス　目次

6 ◎ 訪れたチャンス…118

## 7 ◎ 人生のすべては順調に進んでいる……158

◎1◎

# 出会い

## 赤い跳ね馬《フェラーリ》の成功者

見上げると宇宙まで透けているような春の青空だった。

しかし、花粉症の泉卓也《いずみたくや》は気分が重かった。たくさん舞うスギ花粉を、鼻のむずむずと目のかゆみで感じた。こんな日は家でじっとしていたいが、お客さんとの商談の予定を入れてしまっていた。

普通、中古車を買いたいというお客さんとはファミレスで会うのだが、その日はたまたま近くになかったのでホテルにした。たまにはホテルのラウンジで優雅に商談するのも悪くない。ただしオレンジジュース１杯が１０００円というのはさすがに痛かった。

商談が無事に終わって、卓也はホテルの地下駐車場に停めた自分の車のところに歩いていた。車ではいつものように愛犬のディアが助手席でちょこんとすわり飼い主を待っている。ディアは4歳になるオスの黒のラブラドールで仕事の時もいつも一緒だった。卓也はディアを子供のようにかわいがっていた。

泉卓也は24歳で中古車販売業を始めた。30歳になるまでには経営者として成功する道を進んでみようと決めていたが、今年でもう29歳になっていた。気がつけばその猶予《ゆうよ》はあと1年を切っていた。

5年間続けたが今のところ光は全く見えなかった。収入は同年代のサラリーマンよりもずっと少なかった。毎月、生活費を稼ぐので精一杯。収入は安定せず、実家を出ることもできない。逆に細々と暮らす両親に頼っている有様だった。もしこのまま芽が出ないようなら、来年はサラリーマンになるしかないだろう。実際、それは近づいている。

(なぜ、こんな状態になってしまったんだろう)

(どうしたら抜け出せるんだろう)

いつも心の中で問い続けるのだった。

そして、〝自分の人生は成功者になるようにはできていないかもしれない〟としか思えなくなる。これから先の人生を考えると、まるで底の見えない暗い井戸を覗《のぞ》き込んでいるような気分になった。

ホテルの駐車場には高級車がたくさん並んでいた。メルセデスベンツやＢＭＷ、ポルシェなど、乗ったこともなければ商売で扱ったこともないような別世界の車ばかりだった。

卓也は車屋の癖でそれらを見てしまう。そういった車が何馬力で現在の市場ではいくらなのかすべて頭に入っている。

その中に、ランボルギーニというスーパーカーが異様な存在感でたたずんでいた。こんな車は雑誌でしか見たことがない。思わず立ち止まって見入る。普通の車よりもずっと大きいのに窓から覗き込むとシートが2つしかない。つまり後ろ半分以上が巨大なエンジンなのだ。フロントボンネットに猛牛のトレードマークがついている。まさに猛牛そのものだ。ドアが上に開くこの車は、子供のころ憧れたものだった。

夢中で眺めていると背後に人の気配を感じた。振り向くとひとりの男性が立っていた。

「うわー、ランボルギーニですね」

男は卓也よりも少し年上のようだ。30代半ばというところだろう。卓也の横で目の前のスーパーカーに見とれている。ジーンズとTシャツの上に革のジャケット。彼もまた自分と同じく、高級車には縁遠い人間のようだ。

「これは日本に100台程度しか輸入されていない車ですよ」

先に眺めていた優越感とでも言うのだろうか、後から加わった見物客に教えてあげた。

すると、その男は勘違いしたのだろう。

「え、オーナーさんですか？」と聞いてきた。卓也は「いえいえ、とんでもない」とあわてて否定する。そうですと答えられたらなんと気分がいいだろう。

「いくらぐらいするんですかね」

「2000万円というところですね、車体だけで。新車で買えば取得税だけで120万はかかるんですよ」

「いやー高いなー」と卓也の垂れたうんちくに期待通りの反応を示した。素人相手に専門分野のことを語るのは気分がいい。特に相手が知りたがっている場合にはなおさらだ。

実際、2000万円なんてとんでもない金額だ。それだけのお金を出せば都内でも中古のマンションが買えてしまう。自分には決して手の届かない世界。

卓也は一歩下がって車に見とれている男を観察した。靴は普通のスニーカーで、時計をしていなかった。靴や時計は金持ちかどうかを知る手がかりだ。その男も自分と同じくらいの経済力であることは間違いなさそうだ。どんなに頑張っても一生手に入れられないような身分。そう考えるとスーパーカーを子供のように見入る男を見て、急に嫌な気持ちが湧いてきた。なぜか目の前の男とランボルギーニが憎たらしく感じる。せめてプロとして車についての知識を披露することで自分の優秀さを感じたかった。

「12気筒エンジンで、確か550馬力だったかな。普通の車の3台分のエンジンを積んでいるんですよ。無駄といったら無駄ですよね。都内じゃあどうせ渋滞につかまるんだから」

男は「ずいぶん詳しいですね」と感心した様子で言った。

さあ、今こそ正体を明かす最高のタイミングだ。卓也は切り札の〝名刺〟を胸のポケットからさっと出した。

「僕、中古車を販売しているんですよ」

「へえ、車屋さんなんですか。どうりで詳しいわけだ」

思惑は見事にうまくいった。尊敬を勝ち取り優位に立ったのだ。

「店はどこにあるんですか」と男はさらに毎回聞かれる嬉しい質問をしてきた。

ここから商談につながる可能性もある。商売モードに切り替えた。と同時に憎らしい気持ちは消えていた。

「店はないのですがその分安く売っているんです。ほら、店を借りると賃料の分だけ車の値段が高くなるでしょう」

これはアピールを兼ねた一番効果的な答えだ。

「それは素晴らしい。おひとりでやっているんですか」

「ええ。24歳からやっています」

これも自分をアピールするポイントだ。若くして独立したことで更に尊敬を勝ち取るのだ。男は「偉いですね」と期待通りの反応を見せる。気分がいい。

ところが、次の質問は予想外だった。

「どうして起業したんですか」

普通はされない質問だ。模範解答は用意していない。卓也は思いつくままに話した。

「まあ、簡単に言っちゃえばお金が欲しかったからですよ。でも別に金持ちになりたいわけじゃないんですけどね、ただビジネスがもっとうまくいってくれるとありがたいんですけど。そうしたらこんな車を一度でもいいから買いたいですよ」

それを聞いた男は、冗談か本気かよく分からない一言を放った。

「買えばいいじゃないですか」

買えばいいじゃないかだって？

とっさに「そんなお金が欲しいですけどね」と答えてから少しムッとする。欲しいと言ってすぐに買えたら苦労はない。嫌味で言ったのだろうか。もしかしたら、経営者はみな金持ちだと思っているのかもしれない。どちらにしても嫌な気持ちになった。

「こんな車が買えるくらいに仕事がうまくいけば幸せなんですけど」

男は卓也の言葉を微笑みながらじっと聞いていた。そして一呼吸置いてこう尋ねた。

「あなたはビジネスで成功したいのですか。それとも人生で成功したいのですか」

思ってもみない質問に、深く考える余裕はなかった。

「まあ、とりあえずはビジネスですね。お金がないと生きていけませんよ」

卓也の答えを聞いてその男はニコニコしながら何も言わずに何度かうなずいた。そして、ランボルギーニの周りを1周歩いて観賞すると、「ではさようなら」と感じよく言って地下駐車場を奥へと歩き去った。卓也も自分の車のほうへと向かった。さっきの質問が頭の中で渦巻いている。その衝撃はじわじわとやってきた。何かとてつもない大きな存在に触れたような感じだ。

古いワゴン車の助手席で愛犬のディアが尻尾を振っている。お客さんから下取りした車だ。以前に電信柱にぶつけて修理したものの、それ以来開ける時にコキンと鳴るドアから乗り込もうとした。

その時、信じられない光景が目に入ってきた。20メートルほど向こうで〝あの男〟が赤いフェラーリ355に乗り込んでいたのだ！

（ええ？　フェラーリだって！　あの人そんなに金持ちだったの!?）

卓也は思わず車の陰に隠れた。見てはいけない場面に遭遇したような気分だ。

〝跳《は》ね馬〟の愛称を持つ赤いスーパーカーはフォオオンという快音を駐車場内にとどろかせて走り去る。

貧乏人だと思ったあの男は実はかなりの金持ちだった。

急に「あなたはビジネスで成功したいのですか。それとも人生で成功したいのですか」という先ほどの質問が数十倍もの重さになって、卓也の上にのしかかってきたように感じられた。

## 人生の師匠《メンター》との出会い

その日一日、例の質問が頭の中をぐるぐると回っていた。

（ビジネスの成功と人生での成功だって？）

ビジネスでの成功なら分かる。商売がうまくいってお金がどんどん入ってくることに違いない。人生に成功なんてあるんだろうか。

なんとかしてもう一度会いたい。会ってあの男の正体を知りたい。そして、人生の成功とは何なのかを聞き出したい。

なぜだか分からないが、卓也はどうしようもなく惹《ひ》きつけられた。

翌日、思いを抑えられず、仕事の合間にもう一度あのホテルへと行ってみた。もしかしたら会えるかもしれない。駐車場にあのフェラーリが停まっているかもしれない。

駐車場を車でゆっくり走って赤いフェラーリを探した。だが、それらしい車はなかった。ホテルのラウンジも見てみたがあの人はいなかった。昨日あの時にすぐに引き止めればよかった。悔やまれてならない。

それからほとんど毎日、仕事の合間を見計らってホテルに寄ってみた。しかし、彼に会うことはできなかった。

あるいは滅多《めった》にホテルを利用しないのかもしれない。自分だってホテルなんて1年に数回しか使うことはない。

今日いなければもう諦めよう、今日いなければ諦めようと思いながら、もしかしたら、とついつい寄ってしまう。

数えてみると今日であの日から8日目だった。今日ダメならば本当に諦めようと決意してホテルに立ち寄り、いつものように駐車場内をぐるりと1周した。

胸が高鳴った。あの赤いフェラーリが停まっている。彼のものに間違いない！

車を降りて、ホテルのラウンジを見渡す。そして、ついにその姿を見つけた。ソファーに2人で対面になって座り、何かを話しあっていた。きっと仕事の話だろう。前とほとんど変わらぬ服装だった。が、雰囲気は前のみすぼらしい感じではなく、白いオーラを放っているようだった。彼とその周りだけが際立っている。

さすがに邪魔するのは悪いと思い、ロビーで話が終わるのを待つ。

1時間ほどして、会計を済ませて立ち上がる姿が見えた。

こちらに歩いてくる！　緊張で落ち着かない。高校時代、好きな女の子に告白した時のことを思い出した。

彼がひとりになった時に声を掛けよう。偶然を装って。

ラウンジを出て相手と挨拶をしてから2人は別々の方向に歩き出した。彼がこちらに歩いてくる。

卓也との距離はとうとう3メートルにまで近づいた。今だ！

卓也はできるだけ自然に〝偶然の再会〟に驚いたふりをする。

「あ、こんにちは」

相手は突然の再会が演出されたものだとは気がつかずに本当に驚いたようだ。

「ああ、先日のええと車屋さんの……」

「泉です。いやー偶然ですね。いつもこのホテルにはいらしているんですか」

「そうそう泉さんだ。ここは時々です。滅多に来ることはありません」

「先日帰るときにお見かけしたんですけど、フェラーリに乗っていらっしゃるんですね」

「ええ、そうです」

「驚きました。そんな成功された方だったんですね」

「いえいえ」と謙遜《けんそん》をする。

まずい、会話が続かなくなってきた。今ここで聞かなくては！

「この前、質問いただいたじゃないですか。『ビジネスで成功したいのですか。それとも人生で成功したいのですか』と。実はあれがずっと頭から離れないんです。ははは」

成功の秘訣を教えてください、という言葉がのどまで出かかっているのだが声が出ない。声帯の筋肉が麻痺《まひ》したかのようだ。口をパクパクしていると、相手のほうから思わぬ申し出をしてくれた。

「立ち話も何だから、もし時間があれば少しお話ししましょうか」

「是非お願いします！」

これが、のちに〝多くの成功者を生み出した偉大な成功者〟として語られることになる泉卓也が、「師匠《メンター》」と呼ぶ人と出会った運命の瞬間である。

◎◎ 2 ◎◎

# 奪い合う競争の世界

## これからは会社のために働く時代ではない

卓也は、30歳までには独立して自分でビジネスをしてみよう、もしがんばってもダメだったら、その時は諦めてサラリーマンになろうと決めていた。

そう決心したきっかけは父のリストラだった。卓也が大学に入った年に、父は予期せず会社から肩を叩かれた。中高年の再就職は難しい。50歳を過ぎた人間を採用してくれそうなところはない。まるでお前は価値がないといわれているようなものだ。

会社に雇ってもらえなければ自分で商売をするしかない。父はフランチャイズなどを勇んで始めるが次々に失敗していく。長年組織に養われていた人間が自営業に必要な能力を持ち合わせているはずもない。

2つ目のフランチャイズに失敗したあと、父がディスカウントストアで買った安い焼酎を飲みながら言った。

「卓也、サラリーマンは虚《むな》しいもんだよ。お父さんは25年間も会社のために働いてきたのに何も残ってないんだもんな。これからは会社のために働く時代じゃないな」

その言葉は卓也の胸にえぐるように突き刺さった。

卓也は多くの人と同じように、会社に就職すれば会社が養い生活させてくれるのではないか、そうやって人生はなんとなく過ぎていくものだという気がしていた。その依存した考え方が見事に覆《くつがえ》された。もう会社にも実家にも頼ることができないのだ。

突然、今自分の立っているすぐ後ろが崖《がけ》だということに気がついた。恐怖で体がこわばる。ここで強い自分に変わらなければ、恐ろしい人生の敗北が待っているのだ。

〝自分ひとりで生き残れる強い人間にならなくては！〟

そして、サラリーマンがダメなら経営者になるしかない。独立……起業……そんな言葉が頭を行き来する。

同時に大学に通い続ける意味を見失った。起業に大学の何が役立つというのだろう。大学に行くと、頭の中は遊びのことばかりで、のほほんとしている学生がキャンパスに満ち溢れていた。自分もその一員だったが、今は彼らを見ると腹が立った。程なくして、卓也は退学届を提出した。

最初に選んだビジネスは中古車販売業だった。きっかけは単純だ。車に興味があったからだ。

何の経験もなく完全な手探り状態だった。それでも何とかなるもので、知り合った業者にうまく教えてもらうなどして、だいたいのビジネスの流れはつかんだ。しかし、それで生活できるレベルにまではなかなかならない。利益が出たり出なかったりの苦しい時期が続いた。

時々、自分だけ仲間とはぐれて取り返しのつかない道を進んでいるような気になった。その不安は夢に現れた。もう大学を中退して3年が経つというのに、授業に寝坊して単位が足りないと焦る夢を何度もみるのだった。夢から覚めると胸が嫌な感じでいっぱいだった。

そのころ、車の売買をインターネットのオークションで行うようになっていた。特に、店舗を持たない駆け出しの卓也のような業者にとって、ネットは貴重な仕入れと販売のルートだった。

その日も何か掘り出し物が出ていないかと個人売買掲示板を見ていたところ、たまたまラブラドールレトリーバーの生後2か月の子犬が売りに出されていた。黒い毛並みに愛くるしい目をした子犬の写真に一目ぼれした卓也は、すぐに持ち主と連絡を取り購入した。

それから卓也はその子犬をディアと名付け、車に載せてどこにでも連れていった。仕事の時も車の助手席に乗せた。いつの間にかディアがトレードマークのようになった。中古車屋の仲間内では泉卓也といえば「犬と一緒の彼ね」と言われるほどだった。

ディアに関して卓也にはただひとつ心配があった。お金がなかったので、1歳になってもフィラリアの予防注射を打ってあげられなかったのだ。フィラリアは蚊を媒介とする恐ろしい犬の伝染病だった。フィラリアに感染すれば大抵の犬は死んでしまう。お金がないという不安を身にしみて感じた。

## 誰よりもお金持ちになる！

商売はなかなかうまくいかず、お客さんとのトラブルも同業者とのトラブルも多かった。

お客さんから文句を言われるのは特別に辛かった。トラブルで傷ついた心が癒される間もなく、次のトラブルが起こった。車が気に入らないからと代金を支払ってもらえなかったこともあった。他にも追加でかかった費用で負担をめぐって口論になったこともあった。卓也のミスが原因の時もあったが、ほとんどは相手に問題があると思われた。トラブルの度に、なんで文句を言われなくてはいけないのかと相手を恨んだ。

ほとんどの同業者は信用できなかった。彼らは業者間の取引でもなんとかして儲けてやろうと嘘《うそ》をついたり、ごまかしたりするのだった。卓也も騙《だま》されないように気をつけるようになった。ぬくぬくと育てられた卓也にとってどれもが初めて体験する嫌な出来事だった。その度に痛めつけられ、どんな相手にも負かされないためにもっと強くなりたいと思った。

ある日、同業者と話していて、「自分が利益を得るには相手に損をさせることだ」という考えを聞いた時、まさにその通りかもしれないと思った。損をさせるのは仕方のないことだ。騙される人間が悪いのだ。卓也はだんだんとずるい人間になる道を選んでいた。

儲けるには上手にウソをつかなくてはいけないことを学んだ。お客さんには「僕は全然儲かっていません」と言いながら少しでも多く利益を上乗せして売る。そうすると感謝されるのだ。自分は得をするし相手もいい気分になる素晴らしい方法に思えた。ただ、ふとした時に良心が痛んだ。

卓也は望んだ強さを手に入れたが、何か重要なものを失っている気がした。自分は間違った道を進んでいるかもしれないと感じていたが、周りの人間も同じやり方をしていた。もっといい道がある気がするのだが、それを探す方法が分からなかった。

家に帰って愛犬をなでている時だけは良心を持った元の泉卓也に戻れた。卓也が「ディア」と名前を呼ぶと、いつでも嬉しそうに尻尾を振りながら純真な目で見上げた。ディアのきらきらした真っ黒の瞳はいつでも愛情と優しさがいっぱいだった。犬は飼い主がどんな人間であろうと素晴らしい主人だと信じているのだ。ディアをなでていると心が癒された。ビジネスでの卓也と私生活での卓也は別人になってしまった。人格を分離すれば本来の卓也の善良さを守れる気がした。

前の彼女と別れてからずっと恋人もいなかった。こんな情けない男の相手を誰がするだろうか。収入も安定せず、このままでは結婚もできない。もしこんな状態が続くのならば、負けを認めて就職するしかない。それを考えると憂鬱《ゆううつ》になる。

経営者として成功する夢を諦める前に、何か最後にふさわしいチャレンジをしたかった。一発逆転を狙っていた。何か全く新しい画期的なビジネスはないだろうか。が、卓也にはそれを生み出すだけの創造力がなかった。

残された時間は少ない。焦り、今まで以上に強くチャンスを探すようになっていた。

そんなある日、ふと本屋に立ち寄ってみた。何か天からの救いの糸が垂れていないだろうか。

ビジネス書のコーナーには「成功」とか「金持ち」などというタイトルの本が平積みされている。ちょっとした衝撃的な光景だった。これだけ並べてあるということは、世の中の人が「成功」とか「お金」に興味があるということだ。

その中の1冊がなんとなく気になり、手に取ってパラパラとめくってみた。内容はそれほど難しそうではない。これなら読めそうだ。何よりも気に入ったのは著者がかなりの成功者であるという点だった。それなら信用できそうだ。生まれて初めて〝成功法則の本〟を読んでみることにした。

その内容は卓也にとって衝撃的だった。今までの自分の考え方とはまったく違う考え方がそこにあった。考えたことのない習慣もたくさんある。しかしどこにも肝心の儲け方が書かれていない。具体的にどうしたら儲けることができるのかということを知りたいのだ。いや、それをたかが1000円ちょっとで教えてくれるような気前のいい奴はさすがにいないだろう。気前良く教えてしまったらこの著者の儲けが減ってしまうではないか。卓也の頭の中では、この社会は、金持ちがひとり増えれば誰かが貧乏になるという「限られたお金を奪い合う競争の世界」だった。

そういう反感はあったものの、著者はこれで成功したという事実がある。それは圧倒的な説得力があった。現状を少しでも改善したかったので、書いていることをできる限り実行してみようと思った。

その中のひとつが「毎日感謝を言葉にして伝える」というもの。例えば、高速の料金所でお金を払う時、レストランで注文の品を持ってきてくれた時に「ありがとう」と言うのだ。今まではやってもらうのが当たり前だと思っていたので、ありがとうと言うのはなかなか難しかった。家族に対しての「ありがとう」は更に難しい。気恥ずかしさが邪魔をする。

もうひとつ実行したのが「目標を紙に書いて貼る」だった。卓也は早速「誰よりもお金持ちになる！」と書いて部屋の壁に貼ってそれを毎日読み上げた。同じように、チャンスを引き寄せる言葉を寝る前に毎晩唱えるという指示にも従った。

こういったことを試してみても目に見えるような大きな変化はやってこなかった。

（何をしても無駄なのかもしれない）

（自分にはいつチャンスが来るのだろう）

（何かドラマのような幸運な出来事が起きてくれないだろうか）

その気配は全くなかった。これから先の人生を考えると、まるで底の見えない暗い井戸を覗き込んでいるような気分になった。

しかし、後から思い起こすと、卓也の人生はこの時から着実に好転し始めていたのだ。

そう、この1か月後に「師匠」と呼ぶ人生の恩人と出会うことができたのだから。

◎◎3◎◎

# 2つの課題

## ビジネスの成功だけでは幸せになれない

ホテルでのあの〝演出された〟偶然の再会の後、卓也と男はラウンジに移動した。卓也はまだ相手の名前を知らないことを思い出した。

彼は「弓池《ゆみいけ》」と名乗った。卓也はその名前をしっかりと記憶に刻み込んだ。

ウエイトレスが注文を取りに来る。弓池が「泉さんは何にしますか」と聞く。卓也は一番安いオレンジジュースを頼んだ。弓池は同じものを頼んだ。

弓池は飲み物を待っている間に、自分はインターネットでパソコンを販売する会社や投資の会社などの複数の会社を経営していると言った。卓也にはどうしたらいくつも会社を経営できるのかが想像できなかった。頭が良さそうだ。なんだか自分がとても価値の低い人間に思える。

「フェラーリに乗れるなんて会社はずいぶんと順調そうですね。うらやましいですね。よほど忙しいんじゃないですか」

卓也の質問に弓池は愉快そうに笑った。

「いや、もう人に任せていて、私がやらなくてはいけない仕事はそれほどありません」

卓也は弓池がなぜ笑ったのか分からなかった。弓池の話によると、週のうち月曜日だけ会社に行き経営者と打ち合わせをする。後の6日間は好きなことをしているという。卓也にはそんな生活が実際にあるということがとても信じられなかった。まさに雲の上に住んでいる人だった。

卓也は話をしながら、弓池を観察した。弓池はおでこが広く、横から見ると丸く膨らんでいる。頭が良さそうだ。眉毛が三角になっている。若いようでいて、なんだか老いている感じがした。白髪の混じった髪と艶の少ない肌のせいだ。それは大病をした人の肌のようだった。

弓池の言葉遣いはとても丁寧《ていねい》だった。

「僕にはそんなに丁寧な言葉で話さないでください。年上の方にそんなふうに話されると落ち着かなくて」

「オーケー。じゃあそうしよう」

弓池は気さくな人なのだろう。卓也も敬語を使われないほうが親しみを感じて嬉しい。このころにはすっかり打ち解けた雰囲気になっていた。話が一息ついたころ、弓池が卓也に質問した。

「そういえば、この前会った時の質問だけれど、〝人生の成功〟と〝ビジネスの成功〟、どうしてビジネスの成功のほうを選んだの？」

「今はお金が必要だからです。人生の成功というのもとても気になりますけど、やっぱりビジネスの成功のほうが大切なんじゃないかって思います」

「なるほど。お金が必要なんだね。君は今の人生に不満があるのかな？」

「まあ、そうです。正直言って不満だらけです」

「今の不満だらけの人生の特効薬は本当にお金だろうか。そのためにビジネスさえうまくいけば人生は良くなるだろうか。不満な人生を作り出している本当の原因を変えていかなければ、満足できる人生にはならないと思わないかい？」

　何か答えようと思っても卓也の頭の中はかき回されたようになって声が出ない。

「はっきり言うよ。ビジネスの成功だけでは幸せにはなることはできない。それどころか、ビジネスの成功を手に入れることだけに集中してしまうと、とても不幸な人生になる。世の中にはビジネスで成功しても人生で失敗している人がたくさんいる。泉さんはそういう人になってはいけないよ」

　何かとんでもなく高い次元のエネルギーを浴びたようだ。そして人生のずっと先が一瞬見えたように感じた。卓也はこの後、弓池から成功者の教えを受けるたびに、この感覚を感じるようになる。

　卓也の反応を確かめながら弓池は続ける。

「実はビジネスでそこそこの成功を手に入れることはそれほど難しいことではないんだ。実際にお金儲けは簡単なんだ。やり方が分かってしまえばね」

　金儲けが簡単だなんてさらりと言えることがかっこいいと思った。自分はお金儲けができなくて悩んでいるのに。

「でもね、ビジネスの成功は人生の成功の中のひとつにすぎない」

例を挙げて説明してくれた。

「家を建てる時のことを考えてごらん。お風呂が好きだからといって、バスルームだけのことを考えて家を建てると住みにくい家になってしまうね。その結果、バスルームも使いにくくなってしまう。

でも、家全体のバランスをうまく取って建てようとすれば、すべての部屋が調和の取れた快適な家になる。バスルームも使いやすいものになるだろう。だから、人生全体の成功を考えた時にこそ、ビジネスも大成功するんだ」

まさに今の自分はバランスが崩れている。そうか、バランスが崩れているからビジネスも成功しないのかもしれない。

## メモを取り、成功の教えを引き出す

弓池はもうひとつ重要なことを話してくれた。

「もうひとつ、学ぶ上で大切なポイントがあるんだ」

「聞きたいです。お願いします」

弓池は卓也があまりに真剣なので笑った。それからわざと真剣な雰囲気を作り出すために少し声を潜めて言った。

「それは素直さとメモ魔になること」

卓也はメモを取っていない自分に気がついた。メモを取るようにと教えてくれたのだろうか。

「すみません。気がつきませんでした」

「あ、決してメモを取っていないことを責めているわけじゃないよ」

そう言ってもらえて少しほっとする。

「素直さには自信があります」

「そう。それはいいことだね。確かに君は素直そうだ。ところでどうして素直さが必要だと思う？」

「素直でないと、何か教えてもらっても受け入れないからでしょうか」

「そう、そういうこと！　成功とは学びの過程なんだよ。学ぶということは素直に受け入れるということだ。今までの自分と同じ方向性の考え方を受け入れるのは簡単だ。しかし、今までとは違う考え方を受け入れることは難しい。ところが、まだ成功していない人にとって最も重要な成功の教えは最も抵抗を感じるものであることが多い。また、素直になるということは、格好つけるのをやめることでもある。格好いい自分ばかりを見せようとすると知らないことが恥ずかしいことだと感じ、教えてくださいと言えなくなる。そうすると素晴らしい学びのチャンスを逃してしまうことになる」

素直さに自信があると言ってしまったが、かなり格好つけだと思うし、知らないと言えなくて知ったかぶりもよくするし。今だって素直に教えてくれというのにとても勇気が必要だった。なんだか自分のすべてを見透かされている気がした。

「もうひとつ、メモ魔になることが大切なのはなぜだと思う？」

突然の質問にはっとした。意識が会話に集中する。

「大事な内容を忘れないように、でしょうか」

「それも正解だ。他には？」

考えたが、これといった答えは出てこなかった。

「それはね、相手のためだよ。君が誰かに話したり、教えたりした時、その話を相手がメモを取ったらどう感じる？」

「価値のあることを言ったのだと思って嬉しいです」

「そう。嬉しかったら、もっと役立つことをどんどん話してあげたくなるだろう」

まったく違うものの見方を教わっていることに気がついた。相手の立場に立ったものの考え方だった。

「そうか、メモを取ることは成功の教えを引き出すことになるんですね」

今まで相手の立場に立って考えていなかったことに気づいた。そして、卓也はますます自分がメモも取らずに話を聞いていることが恥ずかしくなった。こんな役立つ教えを記録していないなんてもったいない。

「大切なのはビジネスでも人生でも相手の立場で考えること。たとえばビジネスでは相手の立場になってどうしたらこちらが期待する行動をとりたくなるかを考える。それが〝儲けるコツ〟なんだ。ひとりのお客さんが何度も君から車を買ってくれたら嬉しいだろう。だからどうしたら何度も買いたくなるかを徹底的に考えるんだ。そうしたら君はどうなる？」

「儲かります！」

卓也はすっかり感心してしまった。

こんな考え方をしている人は周りにいなかった。少なくとも今まではひとりもいなかった。これが成功する人の考え方なのだろう。

## 成功者が例外なく使う法則

「弓池さんはどうしてそんなことを知っているのですか？　誰かから学んだのですか」

「そう、たくさんの成功者から教えてもらった。本で学んだ内容もある。私が話す内容のほとんどは、自分以外から学んだことだ。それはずっとこの世界に存在している法則で、今も変わらずに息づいているんだよ。その法則を使えば人生の成功は簡単に手に入るし、もし逆らえばどんなに努力しても成功は水のようにつかめないんだ」

「成功した人は全員その法則を使っているのですか」

「例外なく全員が使っているね。ただし、本人は気づいていない場合も多い。実際、私もそれまで自分がその法則を使っていることに全く気がつかなかった。たとえて言えば、作物と季節の関係のようなものだよ。稲を春に植えれば夏に育って秋には米が収穫できる。なぜならその季節には強い日差しとたくさんの雨と高い気温という条件がそろっているからね。もし稲を育てるのが日差しと雨と気温だと気がついていなかったとしても、春に植えれば稲は育つだろう。だから、逆に言えば法則そのものを知っているだけでは何の意味もない。春に稲を植えることを知っていても実際に稲を植えなければ米は取れないからね」

「知ることではなく、行動することが大切なんですね」

成功の法則の価値を考えると途方もない貴重なものに思えた。なんと言ってもフェラーリも買えてしまうのだから。

「成功する方法をもっと教えてください!」

そのお願いに対して弓池はしばらく考えていた。卓也は答えをドキドキして待った。

「短時間で伝えられるものではないし、さっきも言ったように実際に行動できる人に教えないと意味がない。もし、君が本気で人生の成功を手に入れたいと思い、私にそれを教えてほしいと思うのならそれを行動で示してほしい。私から本気で学ぶつもりがあるのかい？」

「はい、もちろんです。何をすればいいでしょうか」

「では、そうだね。1週間で利益を出している10人の経営者と会って、どうやって成功したのかをインタビューすること。今まで会ったことのある経営者ではいけないよ」

それを聞いて1週間で10人は難しいと思った。知り合いにもほとんどいない。できるという自信がなかった。でももしここで断ったら今までと同じ人生がずっと続くかもしれない。

「やります！」

弓池は満足げにうなずき、テーブル上の紙ナプキンに携帯の番号と自宅の住所を書いた。

「10人に会ったら1週間後のこの時間に訪ねておいで。携帯電話には出ないから、留守電にメッセージを入れておいて」

## 〝成幸〟のカニミソ

ホテルで別れた後、すぐにコンビニでノートを買った。今日教わったことを忘れないうちにノートに残しておきたかった。新品のノートの1ページ目に箇条書きにした。書いてみると、短時間でたくさんのことを教えてくれたことに気がついた。このノートが全部埋まったら、それはものすごく価値のあるノートになるだろうと思った。ノートの名前を考える。「成功のカニミソ」がいいだろう。濃厚な成功のエッセンスなのだ。だが、表紙にデカデカとそう書いてから気がついた。自分が目指すのはただの成功ではない。人生の成功なのだ。卓也は成功の「功」の文字にバツをして「幸」と訂正した。

ノートをしまってからどうやって課題を達成するかを考えた。利益を出している経営者を見つけなくてはならないなんて、考えれば考えるほど難しい課題だ。頭の中ですぐに行き詰ってしまった。行き詰ったストレスから疑いの気持ちまで浮かんでくる。もしかしたらあの人は自分を何かに利用しようとしているのではないか。課題をクリアしてもやっぱり教えないということはないだろうか。こんなに苦労してまで聞くほど価値あるノウハウなのか。疑いの気持ちはどんどん膨らむ。

だが、もう一度ノートを見返して全部の疑いが吹き飛んだ。課題をクリアすることで弓池が得することなんて何もないし、たった10分間の話だったが、その中にものすごい成功のノウハウが詰まっていたことに間違いはないのだ。しかし、利益を出している経営者なんて、どうやって探せばいいのだろう。色々と考えていると、家の近くに門構えの立派な有限会社があったことを思い出した。あれこれ考えていたってしょうがない。とりあえずはそこに行ってみよう。

## 最初の試練

翌日、朝起きると課題のことで頭がいっぱいだった。しどろもどろにはなりたくなかったのでインターフォンを押した時に言うセリフを紙に書いて暗記した。

目指す目的地は、卓也の家から10分ほどのところにある。「有限会社あさぼう」という表札がかかる、このあたりではひときわ大きな家だ。卓也はずっと前から「あさぼう」という不思議なネーミングが気になっていた。

門の前に着くと自分が今までにないくらい緊張しているのに気がついた。顔がほてって硬直し心臓がバクバクとなって落ち着かない。

だが、あまりためらっていると怪しい人だと思われそうだ。思い切って呼び出しのボタンを押す。「どうかいませんように」と願って。

ピンポーンと鳴った後にインターフォンに応答したのは上品そうな女性の声だった。奥さんだろうか。覚えたままのセリフを言った。

「私は泉と申します。実は、課題を出されていまして、10人の黒字の会社の経営者からお話を聞くことになっています。もしよろしかったら5分だけでも結構ですのでお話をお聞かせください」

練習のかいがあってスムーズにいった。息を止めて返事を待った。

「ああそうですか」

相手は明らかに困っているようだった。それも当たり前だ。こんなのは初めてだろう。インターフォンの相手が返答に困っているのでなんとなく自分が悪いことをしているような気がした。

「今は外出しております」

「ご帰宅は何時ごろでしょうか」

「遅くなると思いますけど」

その声は明らかに警戒している。台本はここから先はもうない。卓也はそれ以上何を話していいのか分からなくなり、「また伺います」とだけ言って、逃げるようにその場を立ち去った。気がつくと全身冷や汗でびっしょりだった。

こんなこと、もう自分には無理だと思った。そもそも会えたとしてもどうやって成功したのかなんて教えてくれないのではないか。せっかくのノウハウを昨日会ったばかりの人間に教えるような人がどこにいるのだろう。恐怖がだんだんと怒りに変わっていく。矛先《ほこさき》は弓池に向かった。

(なんでこんな意味のないことをさせるんだ。もったいぶらないですぐに教えてくれてもいいじゃないか!)

すると、善良な卓也が弁護する。

(でも弓池さんは成功の方法の一部を教えてくれたじゃないか。次はもっとすごいことを教えてくれるさ)

心の中で2人の卓也が言い争っていた。

帰宅すると卓也は車屋の仕事を精力的にこなした。試験の前になぜか部屋の掃除をしてしまうのと同じ気分だった。

夜になった。一度疑われた家にまた足を運ぶのはとても気が重かったが、ここで逃げることはできない。足取りも重く向かう。こういうことを毎日しているセールスマンは偉いと思った。今までは家のチャイムを鳴らして訪問するセールスマンをウザったいと思っていたが、これからはもっとやさしくしてあげよう。

ナゾの「あさぼう」には窓に明かりがついていた。多分もう帰っているだろう。

インターフォンを鳴らすとまた昼間の女性が出た。

「あ、さっきの方ね。ちょっと待ってください」

ご主人を呼んでいるようだった。女性に代わって男性の声がっけんどんに聞いた。

「セールス？」

「違います。お話だけ伺いたいんです」

しばらくの間があってから「まあどうぞ」と門を開けてくれた。卓也は表札の「小金井《こがねい》」という名前を覚えてから中に入った。駐車場には大きなメルセデスのS

クラスが停まっていた。やはりお金持ちに違いない。

60歳くらいの貫禄のある男性が玄関で出迎えた。いかにも社長という感じだ。会社の社員の前で大きな声で訓示などを説いている姿が想像できた。顔はテカテカと光っている。健康そうで、エネルギーがあふれている感じだ。

卓也は緊張しながら自己紹介をすませると、1週間で10人の利益を出している経営者に会うという課題が与えられたことを説明した。

卓也をじっと値踏みするように見据えていた社長は、やや間を置いて「それは面白い」としわがれた声で笑った。そして、

「まあ入りなさい」

そう言って卓也を家に招き入れた。

「家内がきっとセールスだと言うんだ。でも違うようだな。まったく変わった奴がいるもんだ。がははは」

それは卓也がイメージする中小企業の社長そのままの豪快な笑い方だった。

## 諦めなければチャンスはやって来る

玄関の靴箱の上には見事な象牙の置物が飾られていた。その横には今にも挑みかかろうとしているかのような木彫りのトラがある。これぞ社長の家の玄関だ。玄関は広く卓也の部屋くらいあった。正面に武士の鎧兜《よろいかぶと》が飾られている。まるでこちらを威圧しているようだ。初めて訪れるお客のほとんどは圧倒されるに違いない。いや、むしろそれを狙っているのかもしれない。

玄関の隣の客間に案内された。分厚い木のテーブルを挟んで大きな1人がけの革のソファーが4つ並べられている。飾り棚には中国かどこかの木彫りの彫刻やお皿が飾ってあった。どれも高そうだ。卓也が頭の中で想像するお金持ちの家とイメージがぴったり重なる。

「まあ座りなさい。ウィスキーでも飲むか」

卓也の返事を聞かずに、奥さんにグラスと氷を持ってくるように命じた。グラスが2つ並べられると、卓也は断るわけにもいかず、小金井に合わせて口をつけた。

「おお、その課題とかについてもっと詳しく話せよ」

いつも人に指示しているのだろう。命令口調だが嫌味がない。

卓也は自分が独立してから弓池に会うまでのことや、弓池から成功する方法を教わるために与えられた課題をこなしていることを話した。小金井は特に弓池について興味があるようだった。よく考えれば卓也も弓池には2度しか会ったことがなく、詳しいことはあまり知らない。

「確かにノウハウというのは簡単に教えてはいかんな」

課題をクリアしたら成功の方法を教えるということに感心したらしい。

ここで、小金井の会社が利益を出しているのかを確かめなければならない。

「あの、課題というのが、利益を出している会社の経営者に会うということなんです。失礼ですが、小金井さんの会社はいかがですか」

「利益か、出ているぞ」

また「がははは」と下品な笑いをした。これで一応安心だ。

小金井はどうやって自分の会社を経営するようになったかを教えてくれた。サラリーマンから30歳で独立。サラリーマン時代は営業部に所属し、優秀で何度も表彰されたらしい。

部下もたくさんいたとか自慢話が多かった。自慢話を聞いてもうんざりするだけなので、卓也は本来の「どうして成功したのか」に話が戻るように努力した。

独立後もすぐにはうまくいかず、いろいろな商売に手を出したらしい。飲食店を経営したり、食品の輸入をしたり、儲けになりそうなことは何でもしたという。その話は大いに勇気づけられた。

卓也が意外に感じたのは小金井がうまくいかなかった時のことも誇らしげに語ることだった。自分はつい自分をよく見せたくてうまくいったことだけを話してしまう。だが、小金井は苦労したことも自慢にしていた。

現在は、ダイエットサプリメントを製造販売する会社の経営を本業にしている。社員は50名ほど。会社の名前も聞いたのだが卓也はその方面には疎く、知らなかった。「有限会社あさぼう」は節税のための個人の会社らしい。卓也は無名のメーカーでも儲かっていることに驚いた。

「大きくて有名な会社でなければ儲けは出ていない気がしていました」

「うちは確かに中小企業だな。だがこれくらいの規模がちょうどいいんだ。企業にはそれぞれ適正な大きさというものがある。今の会社が俺の器だ」

小金井は見るからに自信にあふれているし自慢話も多い。しかし、自分の力量はちゃんと知っていた。だから不況なのに順調に利益を出しているのだろう。それでもダイエットサプリメントを始めた当初は大変だったという。今を見る限り想像もできない。

「でもすごいですね。こんなに成功されて何もかも変わったようですね」

「確かにずっとよくなったな。でも忙しいのは今も変わらんよ。稼ぐためには一生懸命働かないとな。『あさぼう』はな、〝朝から足を棒にして歩く〟という意味なんだ」

弓池に報告するために小金井の話はすべてノートに取った。熱心にノートを取ったのが幸いしたのだろうか。とても気に入られたようだ。ためになりそうなことをたくさん教えてくれた。話の中で何度も出てきたのは「諦めなければチャンスは来る」ということだった。小金井の人生がまさにそれを証明していた。

小金井は2時間ほど一方的に話していただろうか。話の中には宇宙のエネルギーとか魂とか、そういった話も交じっていた。小金井のような人の上に立つ人間が、そういったスピリチュアルな話をするのは意外だった。

自分の話が終わると卓也のことを聞いた。中古車の仕事をしていること。あまり儲かっていないこと。そんなことを話すと「そんなんじゃダメだ。儲かっている人を相手にしろ」と説教交じりで教えてくれた。儲からないのは、自分ひとりなのに安いものを売っているからだ。数がさばけないのなら単価を高くしろ、安いものを売ってもいいのは大量に売れる時だけだ、と教えてくれた。卓也は無意識に「すみません」と謝ってしまった。

小金井の話を聞いて自分が儲かっていない理由がよく分かった。弓池に指摘された時も同じだったが、成功している人が成功していない人を見ると、うまくいっていない理由がはっきりと見えるようだった。自分もそんな成功を見分ける目を養いたいと思った。

小金井は自分の体験から今の卓也の苦労や気持ちを理解していた。

「今は辛いだろうけど諦めるなよ。後でな、頑張ってよかったと思う日が必ず来るんだ。それから両親には孝行しろよ」

小金井は話し方や態度は強引でずけずけしているが内面はとても優しく温かかった。勇気づけられて涙が出そうになった。深々と頭を下げてありがとうございますとお礼を言った。

「なんか助けてほしいことがあったら俺のところに来い。面倒みてやる。社員にしてやってもいいぞ」

小金井はそう冗談っぽく言ったが、もしビジネスに失敗したらそれもいいかもしれないと思った。すっかり小金井に気に入られたようだ。

「そうだ、儲かっている10人に会うんだったな。10人くらい俺が紹介してやる」と言って、その場で電話をかけ始めた。あっけにとられている卓也にまったく構わずにどんどん電話をかけていく。電話には必要以上に大きな声で「面白い若者がいるから会ってやってくれ」と言っていた。卓也のスケジュール帳はあっという間にアポイントで埋まった。

最後にまた「何かあったら協力してやるからいつでも来なさい」と言ってくれた。

玄関で見送る小金井に何度も頭を下げた。

なんというドラマチックな展開だろうか。一気に道が開けてしまった。

ふと見上げると、まぶしいほどの満月が夜空に浮かんでいた。

## お客を選ぶということ

翌日は午前中から小金井に紹介してもらった経営者たちに会うために駆け回った。全員がすんなりと会ってくれた。おまけに信じられないほど親切に卓也に接してくれた。卓也は紹介者の力を感じた。

話の中で気がついたことは、それぞれ言うことが違うということだ。「人に教われ」と言う人もいれば、「教わってないで自分で経験しろ」と言う人もいる。「できることは全部自分でやれ」と言う人もいれば、「極力自分ではやらずにひとの力を借りろ」と言う人もいた。

ただ10人が共通して言ったことがある。それは「将来の目標をしっかり決めろ」ということと、「成功するまで決して諦めるな」ということだった。

もうひとつ、会っていく中で、予想もしていなかったことが起きた。話を聞かせてもらった経営者のうちの2人が卓也の車の仕事のお客さんになってくれたのだ。2件とも高級車だ。2人とも細かい条件は卓也に任せてくれた。車屋としてはまさにこういうお客を相手にしたい〝上客〟だった。卓也は、今までの自分が1円でも安く買おうとする難しいお客さんばかりを相手にしてきたことを知った。これが弓池の言っていた「お客さんを選ぶこと」なのだと理解した。

結局、わずか4日で課題の10人に会うことができた。おまけに中古車の注文までもらってしまった。解けなかったパズルがスラスラと解けてしまった感じだ。すべて小金井の紹介によるものだ。これはビジネスで成功するコツのひとつに違いない。紹介の力はすごかった。紹介によって会う前から信頼されるのだ。そして一度その層の人たちにつながるとその層を相手に仕事ができる。顧客にするべき相手を選ぶと商売が楽だ。自分も成功者の世界に入ろう。

弓池を疑ったことはもうすっかり忘れていた。

## 常に学び続ける

翌日、意気揚々と弓池の家に向かった。

弓池の家は横浜の港北ニュータウンのゆるやかな坂を上った高台にあった。とりわけ大きいというわけではなかったが、遠く南の島にあるような個性的な外観だ。

玄関の扉をはさんで左は直線の塗り壁で右は曲線を描く石材の壁だった。玄関の前には太陽を模したオブジェが立っていた。それが植栽とバランスが取れていておしゃれだ。

チャイムを鳴らすと弓池と奥さんが出迎えてくれた。弓池が奥さんを紹介してくれた。

「妻の美晴《みはる》。こちら泉卓也君」

「美晴です。はじめまして。噂は聞いていますよ」

声の美しい明るい人だった。純粋な感じで親しみやすい。年齢は弓池と同じくらいの30代半ばだろうか。

「課題がクリアできたようだね」

「はいできました。それがですね。ものすごいドラマがあったんですよ」

卓也は早く話したくて仕方がなかったが、弓池は先に家の中を案内してくれた。

室内はまだ新築のにおいがした。築2年だという。いきなり玄関に驚いた。大理石の敷居は弧を描いている。正面の石貼りの壁が印象的だ。奥から音楽が聞こえる。ボサノバだろうか。玄関の右奥が20畳ほどはあろうかというリビング。全体はモダンなヨーロッパ風のインテリア。リビングの奥はガラス張りになっていて、その向こうにあの赤いフェラーリ355が停まっているのが見える。リビングからフェラーリを眺められるようにとデザイナーに注文したのだという。インテリアはカーキやクリームの落ち着いたアースカラーなので、フェラーリの赤が映えている。

卓也は興奮した。これこそが手に入れたい夢の家だと思った。自分もいつかこんな家を建てよう。

弓池には子供が2人いた。1歳と3歳の男の子。2人とも弓池にそっくりだった。3歳の子が卓也にくっついてくる。

「お名前は」と屈んで目線を合わせてたずねた。

「ゆみいけゆうた」と言って、男の子は恥ずかしがって弓池の後ろに隠れてしまった。かわいい。

「初対面の人には人見知りするんだ。すぐに慣れるけどね」

子供を抱き上げた弓池は本当に幸せそうだった。

弓池と卓也はリビングのソファーに座った。卓也が小金井と出会ったこと、どんどんアポイントを埋めていったこと、10人がどんな経営者だったか、どんなことを教えてくれたかを報告すると、弓池はそれを楽しそうに聞いていた。

「何を学んだの？」

「成功している人は成功している人とつながっていること。ノウハウとかを親切に教えてくれることに驚きました。それから、成功するまで決して諦めるなということを教わりました」

「ほかに何か気づいたことはある？」

「そうですね。商売は意外なほどに地味というか、流行のビジネスをしている人がいませんでした。成功している人は、もっと画期的なビジネスをしているんだと思っていました。インターネットだとか、今までにないユニークなアイディアだとかで。雑誌でそういった人たちの記事をたくさん見ました。でも、成功ってもっと泥臭いものなんだと思うようになりました。結構、ありふれたものを扱っている会社が多いですね。結局やり方が大切なんだと。そうそれから小さな会社でも利益は出るのだということ、それぞれ適正サイズがあることも学びました」

「それはたくさんいいことを学んだね。私はもう必要ないみたいだね」

と弓池は冗談交じりに言った。

「そんなことはないです。確かに本当に勉強になりました。でもすべて弓池さんのおかげです。課題を与えてくれなかったらきっと成功している経営者に会うことなんてしていなかったと思います。それに、あることに気づいたんです。弓池さんは収入だけではなくて、時間も手に入れています。会った経営者の人たちは儲かっているけれどとても忙しそうでした」

弓池はその言葉を聞くと軽やかに笑って言った。

「よくそれに気がついたね」

弓池に褒《ほ》めてもらえるとなんだか特別に嬉しい。

「そうなんです。弓池さんは本当にすごいと思いました。だからどうか人生で成功する方法を教えてください」

「何か一瞬で人生がバラ色になる方法でもあると思っているようだね。でも、そんな魔法は存在しないんだよ」

まさにその魔法を教えてほしかった。柔道の〝出足払い〟をくらったようだった。

「それにもう、教えたよ。最も重要な成功する方法は〝常に学び続けること〟学ぶ気持ちを持つことが大切だ。同じ1週間だったのに、数年分の学びをしただろう。

つまりいつでも体験から学ぶことができる。そういう環境を積極的に作りさえすればね。そして今回それは君が行動して作ったんだよ。だから本当に私はもう必要ないと思うけどね。

成功とは成長の過程だ。失敗したらなぜ失敗したかを学ぶんだ。もし成功してもそこからどうして成功したかを学ぶんだ。長期間の成功を手に入れられない人は失敗したら落胆し、成功したら浮かれてしまう。学ばないから偶然に頼るしかなくなる」

「でも弓池さんから時間と収入を手に入れる方法を教えてほしいのです」

ここでレクチャーを終わらせるわけにはいかない。何が何でも弓池に教えてほしくなった。

弓池は卓也の決意の固さを探るようにじっと見ていた。卓也は目を逸らさなかった。

弓池はソファーに深く背をもたれてあごの下で手を組み合わせた。

「では、もうひとつ課題をクリアしてもらうかな」

(えっ！　それはないよ。もう課題はクリアしたのに)

しかし、とてもそんなことを言える雰囲気ではない。今、主導権は完全に弓池にある。いったい今度は何を言い出すのだろう。

「今度は、路上生活者と24時間生活をともにしておいで」

「路上生活者とですか!?」

予想もしなかった展開だ。だが、今までのこともあり、最初の課題よりもずっと前向きな気持ちで受け止めていた。どちらかというと「ちくしょう、やってやろうじゃん」と浜《ハマ》っ子の闘志に火がついた感じだ。

弓池の家を出ると、空はもう暗くなっていた。頭の上には金星が明るく輝いていた。

◎◎ 4 ◎◎

# 人生は自分の考えた通りになる

## 2つ目の試練

「今度は路上生活者かよ……」

電車に乗り込んだ卓也は思わずつぶやいた。

夜の都心へ向かう電車はガラガラだった。反対方面の電車は、疲れたサラリーマンですし詰め状態だ。

渋谷で乗り換え、ＪＲで新宿に向かう。適当な階段から地上に出て記憶にあった公園に着いた。その入り口には柏木公園と書いてあった。青いビニールシートで作られたテントがいくつか見える。

弓池と会った後だったので気分が高揚していた。その勢いを借りて声をかけてみよう。

自分のダンボールで作った〝家〟にしゃがんでタバコをふかしている男性がいた。近づくと異臭がする。一見、普通のおじさんなのだが顔や手が薄汚れていて表情に生気がない。

思い切って声をかけた。

「こんばんは」

一瞥《いちべつ》をくれただけで、全く相手にされなかった。完全に避けられてしまった。

普通にやったのではダメだ。少し離れたコンビニに入った。雑誌を立ち読みしながら作戦を練る。彼らと同じような格好がいいかもしれない。卓也はスーツを着てはいなかったが、羽織ったジャケットがきちっとしすぎている。ワイシャツも脱いで、Tシャツ1枚になった。そして帰りの電車代だけを残して、ビールをたっぷり買い込んだ。

公園に戻ると4人で酒盛りをしているグループを見つけた。会話が弾んでいる。しばらく彼らの会話を聞いていた。口調を合わせるためだ。年齢はバラバラで40歳から60歳くらいだろうか。身なりは特別みすぼらしいというほどではない。完全な酔っ払いの雰囲気だ。あそこをターゲットにしよう。

卓也は缶ビールを1本取り出し、フタを開けてひと口飲みながら近づく。すえたような臭いに気分が悪くなったが、それを顔に出さないようにした。

「こんばんは。行くところがなくて。ここにいてもいいかな」

話し方を彼らと同じようにする。肩を落として人生がうまくいっていない振りをした。まあ実際うまくいっていないのだが。

「よかったら一緒にビール飲んでよ」

ビールの入ったビニール袋を差し出した。何事が起こったかを理解しかねている様子だったが一番口数の多い人が言った。

「おお、こりゃいい日だ」

「悪いな。本当にいただいちゃってもいいのか」

卓也はどうぞどうぞとビールを手渡した。なんとか仲間に入ることができたようだ。

見知らぬ新入りが加わったことで会話が途切れて静かになってしまった。卓也は仕事がうまくいっていないことや、父がリストラされたこと、自分がどれほど貧乏かということを愚痴《ぐち》った。全部本当のことだから自然に深刻な面持ちで話せる。

「まあ人生いろいろあるわな」

ひとりがタバコをふかしながら独り言のようにつぶやいた。卓也の素性が知れると、やっと酒盛りが再開された。

それぞれがどうしてこういう生活をしているのか、卓也はその経緯《いきさつ》に興味があった。断片的だがそれぞれの過去を聞くことができた。1年前まで普通のサラリーマンだった人。驚いたことに、過去に経営者だった人がいた。彼はバブルの崩壊ですべての財産を失い、すっかり人生の希望まで失ってしまったようだ。

卓也が腰を降ろしたのは路上生活歴のまだ浅い人たちのグループだった。4人のうち一番長い人で5年だった。元経営者だったという男性は〝やっさん〟と呼ばれていた。やっさんにできるだけ話を聞いてみた。

「長く路上生活を続けていると自尊心がなくなるんだ。自分は路上生活者だという自覚を持ってしまうと、この世界からはなかなか抜け出せなくなるもんだ。なかにはいつか仕事をもって普通の生活を送りたいと思っている奴もたくさんいる。でも不況だしみんな歳だからどこも雇ってくれないんだ」

この生活は責任もなく気楽なのだという。しなければならないことはひとつもない。他者から縛られない、自由な時間と気ままさがある。しかし、一般的に言えば、家もなく家族も養っていない人生は惨めだ。普通は自尊心が許さない。だから自尊心を失い取り戻せないでいる者が路上生活を続けることになるという。

やっさんに会社を経営していた頃のことを聞いてみた。

「バブル崩壊の影響で仕事がぜんぜんこなくなってな。うちなんかは下請けの零細工場だったからひとたまりもねえ。どうすることもできなかったな。仕事をくれる大元の会社がつぶれちまうんだもの。受け取った手形も不渡りになってよ」

やっさんの話は酒のせいであちこちに飛んだ。

「銀行が融資を止めちまうんだ。そりゃ悲惨だよ。知ってる工場の経営者でも自殺した奴が2人いるよ。死にたくなる気持ちはよく分かるよ」

酔っ払いが来て背後で小便を始めた。やっさんが「こんなところでするな！」と怒鳴った。酔っ払いは退散する。それからやっさんがおもむろに立ち上がり、道路の向こうの壁に小便をかけだした。酔っ払いがした場所と10メートルも離れていないが、それなりに区別があるようだった。

「今家族はどうしているんですか」と戻ってきたやっさんに聞いた。

「2人の娘がいたんだが、今はどこでどうしてんだか。俺はよお、家族に飯を食わせるために働き詰めだったんだ。バブルん時は景気がよくて儲かったもんよ。ところがよ、ぜんぜん家に帰んなかった。俺のほうが遊びに忙しくてよ。小さな町工場でもいくら人を雇っても追いつかないくらい仕事がきて儲かってたからな。この新宿にもずいぶんと遊びに来たもんだよ。一晩で20万も使ったことがあるんだ」

ニヤけながら2本指を立てて卓也の顔にもってきた。

やっさんは羽振りがよかったころのことを自慢げに話した。毎晩クラブで大金を使ったらしい。そんなやっさんに家族は愛想を尽かしていたのだろう。そして、景気が悪くなり家に借金取りが来るようになると、奥さんは2人の娘と一緒に出ていってしまったという。

「俺には何も残ってねえよ」

そう言うと、寝転がっていびきをかき始めた。

黒字を出している経営者と路上生活者の違いは紙一重だという気がした。何がこの差を生むのだろうか。自分もいつかこうならないといえるだろうか。卓也は自分の将来を見ているようで不安になった。

## 成功する人は何が違うのか

酒盛りは1時すぎまで続いた。眠くなるとおのおのが勝手に寝入った。

「お前、家に帰んねえのか。だったらこれ使うか」

ひとりが卓也に寝るためのダンボールをくれた。まだ夏だからいいが、冬はどうなるのだろうか。死者が出てもおかしくないだろう。

柏木公園には15名ほどの路上生活者が住んでいた。ただでさえ小さな公園だ。ダンボール小屋でいっぱいになっておりスペースはない。卓也は適当な場所を見つけてダンボールを敷いて横になった。緑の葉をつけた木々の向こうの汚れた新宿の空を見つめる。不思議と臭いは気にならなくなっていた。

成功者とそうでない者。自分は将来どちらになるのだろう。運命は決まっているのだろうか。もし、30年後の自分を見せてくれると神様にいわれたら、はたして自分はそれを見るだろうか。成功していない未来を考えると急に怖くなった。

　それから卓也はさっきのやっさんの話を思い出していた。結局やっさんは会社の倒産については、どうにもならないとか運命は変えられない、不況だからどうしようもなかったと考えているようだった。

　確かにバブル経済が崩壊してたくさんの企業が倒産に追い込まれた。銀行が融資をストップして資金繰りがうまくいかなくなったのが原因だという経営者も多い。もっともらしい話だが、卓也には、どうしてもそれが言い訳にしか聞こえなかった。それを生き抜いた企業もたくさんあるのだ。弓池から出された最初の課題で会った10人の社長が経営する会社は、倒産する会社を尻目に今もよい業績を上げ続けている。

　どちらが社会に貢献しているだろう。もちろん利益を出している経営者であることは間違いない。第一に多額の税金を納めている。一方、やっさんが払う税金は物を買う時に支払う消費税、酒税やタバコ税くらいだ。それに対して、生き残った企業が社員を雇い給料を払っていることは大きな貢献だろう。雇用を生み出すためにも経営者は成功しなければならないのかもしれない。果たして自分は経営者として成功することができるのだろうか、というところに考えはまた戻ってしまう。そして不安になる。

朝8時ごろ、刺すような陽の光で目が覚めた。一瞬どこにいるか分からなかった。頭がぼーっとする。公園の横をスーツを着たサラリーマンやOLが通っていく。路上生活者はみんな寝ていた。課題は24時間一緒に過ごすことだ。

24時間がたつまでまだ時間はたっぷりあった。とりあえず新宿の街をぶらぶらと当てもなく歩いた。猥雑《わいざつ》な歌舞伎町やホテル街、ホストクラブなどを見て回った。昼間の歓楽街は眠っている。生ゴミだろうか、変な臭いがする。そういえば夏場なのに昨日は風呂に入っていない。きっと自分も臭うのだろう。

暑い中、背広を着て足早に歩くサラリーマンがたくさんいた。その横で何もすることなくぶらぶらと徘徊する自分がいる。不思議な光景だ。会社に縛られ自分の時間が少ない彼らをかわいそうだと思う反面、仕事が与えられ、バリバリ働ける状況をうらやましくも感じた。

夕方になって公園に戻ると、やっさんたちがちょうどコンビニのごみ捨て場に食料を調達しに行くところだという。卓也もついていった。

店によってゴミを捨てる時間が決まっている。捨てられたらすぐに拾わないと収集車に回収されてしまうか、この暑さですぐに腐ってしまう。彼らは生きるための知識と情報を持っていた。

店に着いたときにはゴミが出された直後のようだった。見張り役と拾い役とで手分けをする。卓也は拾い役になった。ゴミの袋ごと持ってくることはしない。問題にならないように必要なだけ拾うのだ。東京のゴミ袋は条例で透明なものに義務付けられているので中身が分かる。お弁当がたくさんあった。一昨日の古いものも交じっているため、できるだけ賞味期限切れしたばかりの新しいものを選んだ。なぜかそれほど恥ずかしくなかった。もっと抵抗があるのかと思った。それどころか楽しくさえあった。それは卓也がゴミあさりをするのは今日だけだとの思いが心のどこかにあるからかもしれない。しかし、仮にビジネスに失敗しても、こうすれば生き延びることができると思ったのは確かだった。

24時間はあっという間だった。最後にお礼にビールでも渡そうと思ったが、財布には帰りの電車賃しかなかった。お世話になったやっさんたちにただささようならとだけ言った。やっさんはこちらを見ずに手だけ振った。とても寂しそうだった。成功したらまた会いに来てもいいと思った。何のために？　やっさんに会いたいからだろうか。それとも成功を誇示したいからだろうか。成功を見せつけても嬉しいとは思えない。おそらくもう会いに来ることはないだろう。自分は違う世界を生きようとしているのだから。

わずか数日で両極端の人生を見た。その2つは運命やコントロールできないものによって決まるものではなかったが、その人の考え方や話す内容には大きな差があるように感じた。ぼんやりとだが、確かにそこには両者を分ける決定的な何かがあると思った。

## この世界を司る揺るぎない法則

次の日の夜、弓池の家に向かった。電話して課題をクリアしたことを告げると家に呼ばれた。

今度こそ、成功のノウハウを教えてくれるだろうか。もしまた教えてくれないと言ったらどうしよう。あれこれ考えているうちに到着した。弓池がにこやかに迎えてくれた。拍手をしながら「おめでとう、よくやったね」と祝福してくれた。奥さんの美晴も歓迎してくれた。

「裕太は卓也君がおうちに来るって聞いて、ずっと楽しみに待ってたのよ」

裕太は恥ずかしがって美晴の後ろに隠れてしまった。

卓也は帰還した英雄の気分で、身振り手振りを交えて冒険談を披露した。

弓池と美晴は、それを笑いながら聞いていた。2人がここまで面白がって話を聞いてくれたのでとても達成感があった。

「今回の課題はどうだった?」

「成功者とそうじゃない人の違いは紙一重だと感じました」

「確かに紙一重だね。では何が分けていると思う?」

「それなんですが、ただの運ではないと思いました。路上生活をしている人は言葉が否定的というか、『自分ではどうにもならない』ということを言っていました。あとはやっぱり努力とかでしょうか」

「言葉に注意できたのは偉いね。努力は少し当たっているが、努力してきたけれどリストラに遭ってしまった人もいるね。何が大きく違いをもたらしたかというと

〝セルフイメージ〟だよ。本当の自分は何者であるかということだ。自分が本当は成功者だと思う人はそうなるし、路上生活者だと思う人はそうなる。

考えがあって、次に言葉になって、行動になる。それが現実の結果になっている。これがこの世界の法則だ。

人間が創った世界はすべてこうなっているよ。例えば、街に建つビルだって、設計士が考え、それを図面にして作ろうと言った。そして建設という行動に移された。だからビルが現実に存在する。人間も全く同じなんだよ。

すべて自分は何者であるかという認識が、将来こうなるというイメージになって実現するんだ。成功している経営者は自分が成功にふさわしいと考え、成功した将来のイメージを持っていたんだ。それに対して路上で暮らしている人たちは将来のイメージが成功者ではなかった。どのようにも自分がイメージした通りになってしまうものさ」

「でも誰でも儲けたいと思っているんじゃないでしょうか。それってイメージではないのですか。なぜお金持ちになれる人とそうでない人がいるんでしょうか」

「みんなが悩んでいる問題だね。でも、成功を望んでいたとしても、本心では『自分は成功者なんかじゃない』とか、『成功者になれるはずはない』と思っていると成功できないんだ。

『儲けたい』と思うのと、『儲けることができる人間だ』と思うのとでは天と地ほどの差がある。『儲けたい、なぜなら自分は儲けることができる人間だから』と本心から思える人は本当に儲けることができる。

逆に、『儲けたい、でも自分は儲けられる人間じゃない』と思っている人は、決して儲けることができない。そういう人が成功者の行動を取ることができるだろうか。分かりやすい例を挙げれば、大きなチャンスが目の前に来た時に、それに挑戦できるかどうかということだ。ある成功者がつかんだチャンスは、多くの人もそれを見て、気がついて、触れたはずだ。でもほとんどの人は手を出さなかった。そこに両者の決定的な差があるんだ。

『自分は成功者だ』と思っている人は、現実に成功する行動を取るものだ。そう思っていない人は、反対の行動を取るんだよ。常に、人生には分かれ道がある。そのどちらを行くかでたどり着く地点が変わる。それだけなんだよ」

## どんな人も成功者として生まれている

弓池はさらに続けた。

「最初の支えになっている『考え』が楽しいものだと、常に喜びを生む。ところが『考え』がひどいものだと地獄を生み出すことになる」

「そうか。では、成功したくても、自分のことをどうしても成功できる人間だと思えない人もいると思います。そういう人はどうすればいいんですか？」

「本来は、どんな人も成功者として生まれているんだ。それが真実だ。経済的にも豊かになれるし、健康的で、良好な人間関係で、豊かな精神も持つことができるという完全な存在なんだ。もし、自分がすぐに成功者だったと思い出せるなら、その人は短い期間で成功するだろうね。

もしすぐに思い出せなくても大丈夫だよ。考えを変える方法があるから。それはさっきの法則を逆に体験するんだ。考え、言葉、行動という順序を逆さまにして、行動、言葉、考えの順にするんだ。

とりあえず成功者の行動の真似をしてごらん。自分が成功者だと思えなくても、成功者だったらこうするだろうと思う行動を取ればいい。そして、成功者の考えを言葉にする。これは精神の訓練と呼ばれるもので、考え方を身につける最も簡単で早い方法だ」

弓池は成功者の行動で自分には真似できないと感じているものがあるかと尋ねた。卓也は真っ先に「意志の強さ」と答えた。自分の意志の弱さが嫌になることが何度もあったからだ。何かをやってもすぐに続かなくなってしまう。

「だったら、これからはまるで自分が意志が強い人であるかのように振舞ってごらん。そして、毎日言葉に出して『私は意志が強い』と言うんだ」

「そうすれば意志の強い人になれるんですか？」

「そうだよ。私もその方法でこうありたいと思う人間になれた。新しい考え方を選ぶことができるようになった。実際、君は今まで心の中で自分は意志が弱いなあと考えてきたんだろう。言葉にも出ていたはずだ。これからは自分がこうありたいと考える人間になる道を意識して選ぶんだ。自分の精神は自分でコントロールすること。君はやがて、だんだんと成功者と同じ道を歩いていることに気がつく。成功者の考えになっているよ。ある時ふと『あ、自分も成功者だったんだ』と目覚めるだろう。やってみるといいよ。本当に気がつくから」

「自分が成功者だったんだと目覚める瞬間か。その瞬間が早く来るといいなあ」

「成功の過程は自分が成功者であることを思い出す旅だともいえるね」

「では、お金に関する考えを変えたい時はどうすればいいんですか」

「全く同じさ。行動、言葉、考えの順にすればいい。成功者の真似をして行動する。そしてそれを言葉にする。一番いいのは寄付をすることだね。そして、『お金はいつも足りている』『私は豊かだ』と言葉に出して言うんだ。寄付をしたことあるかい」

「一応ありますけど、小学生の時です。それ以来ずっとしていません。貧乏だから。寄付は結構勇気が要りますね」

弓池は笑った。

「『寄付するのに勇気が要る』って？　おもしろいことを言うね！　君を貧乏にさせているのは『貧乏だから』というセルフイメージだっていうことに早く気がついてほしいなあ。

最初は難しいかもしれないけど、何も考えずに募金してごらん。もし『寄付したらお金がなくなっちゃう』と考えて寄付をすると、考え、言葉、行動の順のままだ。君は本当にお金がなくなる体験をして、また自分は貧乏だという考えを強くするだけだ。だから寄付をする時は、考えないで寄付をするんだ。そして何かを考える前に『お金はいつも足りている』『私は豊かだ』と言う。最初は100円でもいいから、できそうなところからやってみるんだ」

正直100円と聞いてほっとした。もし1万円と言われたらきつい。いや、これも自分でお金の限界を作っていることになるのだろうか。

## 夢を実現させる3つのポイント

「そうやって考えを変えていったら自然に成功していくものなんですか?」

「考えの部分は基本のところだ。道路が整備されたという感じだね。達成したい夢や希望を実現するためには、さっき言った『考え、言葉、行動』の法則の中で、押さえておくべきいくつかのポイントがある。

1つ目は〝目標が明確であるか〟だね。ただ『儲けたい、お金が欲しい』というのは漠然としている。儲けるとはどんな状況なのか、お金がある状態はどんな状態なのか、旅行でたとえれば『旅行に行けたらいいな』と思っているのは漠然とした夢だけど、『ハワイに行きたい』というのは明確な目標だ。目指している自分の状態をはっきりさせた時それが叶うんだ。何ごとも漠然と思っているだけでは決して達成はできない。

実は、この世界には人間が意図したことを応援する〝偉大な力〟が存在する。その力によって宇宙は成り立っていると言ってもいい。私たちは常にその力に囲まれていて、私たち自身もその力の一部なんだ。その力の応援を上手に使える人は難なく成功してしまう。そしてその力を方向づけるのが〝明確な目標〟なんだ」

「なぜ〝明確な目標〟じゃなければいけないんですか」

「それは単純なことさ。虫眼鏡を想像してごらん。太陽の下で光の焦点を絞ると物を燃やすことができるだろう。あれと同じで、目標を明確にすると見えない力が集中して目標を実現させようと働くんだ」

〝偉大な力〟については気にしなくても構わない。〝明確な目標〟を設定するという部分が大切だと弓池は強調した。卓也は自分の部屋の壁に貼ってある「誰よりも金持ちになる」という目標がとても不明確な目標であることを思い出した。家に帰ったらもっと明確なものに変えないと。

不思議な感じだった。弓池は〝偉大な力〟といった、普通の人がすぐには受け入れられないような表現を当たり前のように使うのだった。そういえば前に買った成功の本にも似たようなことが書いてあった。やっぱり成功の方法はどれも似たものなのだろうか。

「2つ目は〝目標は達成可能か〟ということ。体操に関して素人の君が今から1年後にオリンピックで金メダルを取るという目標を立てることはどうだろう」

「絶対に無理です。世界で4年に1度、ひとりしかなれないんですから。年齢からしても今からでは遅いでしょうね」

「そうだね。無謀だね。ではサラリーマンとして給料で生活している人がいきなり1年後に年収1億円の億万長者になるという目標はどうだろう。これも無謀だ。それから、10年後に年収1億円という目標はこれなら可能かもしれないが、期間が長すぎるし、場合によっては目標が高すぎるかもしれない。そんな長い間、高い目標に向かってやる気を維持できる人はあまりいないだろう。

成功するコツは一番近くにある小さなハードルを目標にしていくことだ。たとえば最初は3か月以内に副業で1万円以上自分の力で稼ぐことを目標にする。これだってサラリーマンにとっては大きな目標だと思うよ。次に、その金額を3万円にして、それができたら10万円にして、という具合に達成できそうな小さなハードルを次々と作って、それをクリアしていく。これが成功の計画を立てるということだ」

自分の目標にはこの部分もすっかり抜けていた。不完全な目標に向かっていたのだと思うとがっかりした。

「3つ目は〝思いついたことをすぐに実行したかどうか〟だね。自分がやりたいことについてふと良さそうなアイディアを思いついたり、関係する話が飛び込んできたりということがあっただろう。それが単なる偶然を超えていると感じたことはないかい？　何かに導かれていると感じたことは？　そういったことはシンクロニシティと呼ばれている。目標を明確にして、実現可能な小さな目標を立てると、〝偉大な力〟がいろいろな形でサポートをして実現に向かわせるんだ」

卓也は過去に自分の身に起こった「偶然にしてはタイミングがよすぎる出来事」を考えてみたが、これといって思い当たらない。今まではただの偶然だと思い気にとめていなかったのかもしれない。これからもっと注意していればたくさん見つかるだろう。

「それらは不思議なくらい絶妙なタイミングで起きるものだ。いわば〝偉大な力のお膳立《ぜんだ》て〟だからすぐに実行すれば〝物事がうまく進む波〟に乗れる。しかし、あでもないこうでもないと考えているとタイミングを逃してしまう。実際はそれどころか『うまくいくか分からない』と怖がって何もしないケースのほうが多いけどね」

## 人生は思った通りにしかならない

話はもっと深いところに入っていった。

「そういえば、弓池さんは課題を出す前に、『ビジネスで成功しても人生で失敗している人がたくさんいる』という話をしてくれました。目標が明確で、実現可能な計画も立てて、ちゃんと実行した人が成功できるんですよね」

「そうだよ」

「それなのになぜビジネスではうまくいったのに人生で失敗してしまうことがあるんですか」

「それは成功の全体のイメージのバランスがとれていないからだね。『お金を手にしながら家族とはどういう関係を築きたいか、どういう自分でありたいか』といった〝人生全体のイメージ〟を持つことが大切だ。仕事やお金だけを見るのではなく、自分にとっての幸せな人生とは何かを考えるんだ。この前の話と重なるけど、家を建てる時に全体の設計図がなければよい家は建たないということだね。いいかい、これは覚えておくんだよ。人生は思った通りにしかならないんだ」

〝人生は思った通りにしかならない〟という言葉には100メガトンの重みがあった。独立してから今まで卓也は社会の大海原で遭難していた。これは結局何も「考えていなかった」という「思った通り」の結果なのだと痛感したのだ。卓也は「成幸のカニミソ」ノートに大きくその言葉を書いて丸で囲んだ。

「そうか、そういえば元経営者のやっさんは、バブルの時は儲かっていたけど家族を大切にしていなかったようです。景気が悪くなって逃げられたって言っていました」

「ほとんどの人は、足元しか見ていないんだ。人生がどこに向かっているのか気にせずに進んでいるんだね。人生という大きな枠の中にビジネスという領域がある。ビジネスという部分にだけ集中して、他をないがしろにしたら人生全体はうまくいかない。そしてビジネスもうまくいかなくなる。出来事は全部つながっているんだ」

怖くなった。自分もまさに足元しか見ていない人間だったことに気がついたからだ。今までほとんど将来こうなりたいとか、実現したい夢のことを考えたことがなかった。このまま足元だけ見て歩き続けていたら、どこに行ってしまうか分からない。今、これを学ぶことができて本当によかったと思った。

卓也は新鮮な興奮に包まれていた。成功の黄金律は電流となって全身に広がった。もっと色々と教えてほしかったが、卓也の頭はすでにいっぱいだった。ノートを見てゆっくり復習しなければ。

それを察したかのように弓池が言った。

「今日はこれでおしまいにしよう。さっきも言ったように課題を達成したから定期的に成功の方法を教えてあげよう。来週またおいで」

今から1週間後が楽しみだった。

今日のお礼を言って玄関を出るとへとへとに疲れているのに気がついた。この2日間はあまりにも刺激が強すぎた。眠くて歩くことさえできない。やっとの思いで車に乗り込んで走り出したが、5分と運転できなかった。道端に車を停めて仮眠を取る。

目が覚めるともう朝6時だった。8時間も車の中で寝てしまった。体中が痛い。家に帰ると2日ぶりに会ったディアが大歓迎してくれた。そのままベッドに倒れこむと着替えもせずにまた眠ってしまった。

◎◎ 5 ◎◎

# 人生の目的を見つける

## 人生にある4つの領域

それから1週間は、弓池に教えてもらった新しい考え方が、頭の中でぐるぐると渦巻いていた。そのためかいつも気分が高揚している。

時間があればノートを見返して復習をした。落ち着いて考えると、なぜ今までうまくいっていなかったのかが分かる気がした。お金持ちになりたいと思っていたが、それ以上の明確な目標を持っていなかったし、計画を立てたこともなかった。それでは成功するはずがない。

〝人生は思った通りにしかならない〟ということは周りを見ればよく分かった。父はサラリーマンという人生しか考えていなかった。だから会社をリストラされた時に、どうにもならなくなってしまったのだ。

人生で成功するとはどういうことなのだろう。〝成功する人生全体のイメージ〟を考えてみようとしたが、うまく思い描けなかった。次に弓池に会った時にはそこを質問しようと思った。ところで彼は、人生についてどんなビジョンを持っているんだろう。

弓池と会うまでに車の仕事を何件か片づけた。仕事がとてもはかどった。彼に会ってからなんだかエネルギーが溢れているような気がする。

それから、弓池のアドバイスを実行してみた。スーパーに置いてある募金箱に100円を入れた。お金が減ることを考える前に素早く寄付した。そして、「なんて豊かなんだ」とつぶやく。気分が良かった。確かに一時的であるにしても豊かだという気持ちを味わうことができた。

翌週、弓池の家を訪れた。

「〝成功する人生全体のイメージ〟を描こうと思いました。でもうまくいかないんです。漠然としてしまって。人生の成功の中にビジネスの成功があるんですよね。ビジネスの他には何があるんですか」

「君はいい質問をするなあ。人生全体のイメージを描くのに役立つだろうから教えておこう。それはね」と紙を取り出して書き出して説明してくれた。

「人によって分け方は違うだろうけど、私は人生には4つの領域があると考えている。『経済』『健康』『愛情』『精神』だ。

『経済』はビジネスや投資などお金に関すること。

『健康』は肉体的な健康。

『愛情』は家族や友人との人間関係。

『精神』は人格とか感情など。

普通、これらは別々のものだと思われている。でも本当はそれぞれが相関関係にあるんだ。たとえば、経済がそれぞれどういう影響を与えるかを考えてみると分かりやすい。経済に問題がある状態、つまりお金がなくて困ると『健康』に影響が出る。ストレスから病気にもなるし、栄養のある食べ物を買うこともできない。また『愛情』だってお金がないと問題が生じる。離婚の原因として経済的な問題も多いだろう。『精神』にはストレスとして一番影響が出るね。幸せな人生を送るためにはどの領域のレベルも高くしていけばいい」

「『精神』が低いと『経済』にも影響が出るというのがピンと来ないのですが」

「『精神』と『経済』の関係は密接だよ。人格の卑《いや》しい人がビジネスで成功すると思うかい。たとえば、うまくいかないことは何でも他人のせいにする人や、自分だけ儲けてやろうと思っている人と一緒にビジネスしたいと思うかい？　もし有能な人ならそういう人の下で働きたいとは思わないはずだ」

「そういえばやっさんは会社の倒産は自分には責任がないと思っていたようです。会社の倒産についてどうにもならないとか、運命は変えられない、不況だからどうしようもなかった、と考えているようでした」

「ビジネスに人格や健康、愛情が関係していることに気がつかない人がほとんどだね。お金儲けはお金儲けだけで切り離して考えてしまっている。人生の中のひとつのパーツであるということを忘れていると、バランスが崩れてしまう。倒産とか離婚とか病気とか痛い体験をしてやっと気がつくんだ。そういう出来事は人生のバランスが崩れているというシグナルでもあるんだ」

## 不労所得という考え方

失礼かと思ったが、思い切って尋ねてみた。

「弓池さんはどんな将来のビジョンを持っているんですか。まだ収入を増やしたいんですか」

「いい質問をするね。そんな質問をするのは君が初めてだよ」

褒められてとても嬉しい気持ちになった。

「実はもう、自分の収入を増やすことには興味がないんだ。でも、夢が2つあってね。まずひとつは、不労所得《ふろうしょとく》の状態を完成させたいんだ。投資しているビジネスが、手を離しても継続して利益が上がるレベルにまで持っていきたい。今の収入が将来もずっと入り続けるかというとまだ不安なところがあるからね。それと並行してもうひとつは世の中に〝自分の成功のために他人の成功を手伝う〟という流れを作りたいんだ。人の成功を助けるのは私ひとりでは限界があるから」

それは予想もしなかった答えだった。「人の成功を助ける」なんて自分には絶対にできないと思った。どことなく偽善っぽいように感じた。果たしてそんな夢のようなことが実現するのだろうか。それよりも〝不労所得〟という耳慣れない言葉のほうが気になった。よく分からないがかなり面白そうだ。

「不労所得って何ですか」

「不労所得とは働かずに得る収入のことだよ。死んでもお金が入り続ける資産を作るということだ。そうすれば、もし今私が死んでも妻や子供たちには生活するだけの十分なお金が入る」

「死んでもお金が入り続ける……ですか」

初めて触れた考えだった。死んだら収入は途絶えるものだ。何の疑いもなくそう思っていた。

「そう、収入には働いて得る〝勤労所得〟と、働かずに得る〝不労所得〟がある。勤労所得は改めて説明する必要はないね。サラリーマンとして会社で働いたり、自営業として働いたりして受け取る収入のこと。それに対して不労所得は資産がお金を生むんだ。どちらも人に役立つことをしてその見返りを得るという点は同じだ」

「資産がお金を生むんですか……」

どうもピンとこない。

「つまりね、収入とは人の役に立った時、その見返りに受け取るものだ。自分が働くことだけが人の役に立つ方法ではないだろう。たとえば、賃貸のマンションを建てて人に貸すことはどんな役に立つと思う？」

「ああ、そうか。住む場所を提供するということですね」

「そう。もし、世の中に賃貸のマンションやアパートがなければ、世の中の全員が家を自分で全額を出して購入しなければならないね。多くの人には無理だ。もしそれしか許されなかったらごく一部の人しか屋根のある家に住むことができなくなってしまう。でも、賃貸マンションがあるおかげで、まとまった資金がない人でも快適な住居に住むことができる。だから、そのマンションを建てた人は家賃を見返りとして受け取ることができるんだ」

卓也にとって家賃とは払うものだったが、そういわれてみれば受け取っている人もいるのだ。もし自分が家賃を受け取れたら、なんて幸せなんだろう。人に家を提供するだけで働かずにお金が入ってくる。アパートやマンションが金の卵を産む鶏小屋のように思えた。

しかし、働かずに収入を得ることはなんとなく悪いことのような気がした。やっぱり正しい大人としてはそれではいけないんじゃないか。

卓也は成功するために素直になると決めていたから、勇気を出してその考えを口にだした。

「でも、働かずにお金を得ることはなんとなくいけないことのような気がするんですが」

「なぜだい」弓池は楽しそうだ。

「そう聞かれるとなぜなんだろう。お金を稼ぐには働けと教えられてきたからでしょうか」

弓池は黙って、さらに卓也が自分の考えを掘り下げて言うのを待っている。弓池は沈黙を上手に使うのだった。卓也は何か言わなければならなくなった。

「世の中では働かないでお金をもらっている人はよくないイメージだと思います」

と言っている間に、さっきの弓池の話を思い出した。答えが自分で見つかった。

「でもなんだかそれって間違っていますね。収入は社会の役に立ってその見返りを受け取るということであって、必ずしも自分が働かなくてもいいわけですから」

「そうそう、世の中には変な価値観がいっぱいだ。悪いことだと考えられているもの の中でも実はそうではないものはたくさんあるし、またその逆もある。価値観を一度刷り込まれて完全に受け入れてしまうと何かきっかけがないと疑うことはない。みんな受け入れたままに生きてしまうんだ」

自分が教えられてきたことや周りの人が思っていることが間違っているかもしれないなんて疑いもしなかった。成功を邪魔する価値観のまま生活してしまうのは怖いことだ。

「成功を邪魔する価値観に縛られていればいるほど成功から遠いところにいるんだ。逆にその価値観に気づいて自分を不必要な既成概念から自由にした人が成功するということを覚えておくといいよ」

「僕には不必要な既成概念がたくさんありそうです」

「気づいたものから取っていけばいいよ。成功したいって思っていると、それを邪魔する考え方にも気がつくようになる。さっき君が『不労所得は世の中では悪いイメージ』だと気がついたようにね」

## 投資が先で消費が後

弓池は立ち上がって卓也をリビングの一角に案内した。

「見てごらん」壁に掛かっている額に入ったアパートの写真を指差した。

「あのアパートは私が去年買ったものだ。8世帯入っている。私はアパートを通じて間接的に8つの家族に住むところを提供していることになる。その見返りとして年間900万円以上の家賃が入るんだ」

年間900万円といったら現在の卓也の年収をはるかに上回る。これからアパートやマンションを見る目が変わりそうだ。

「あのアパートは、もし明日私が死んでも8世帯の家族のために住む場所を提供し続ける。

そして、残された私の家族のために毎年900万円のお金を生み出すんだよ」

そういう弓池はとても満足そうだった。

「働くことが美徳だと思っていたら、死んだ後は労働ができなくなり社会への貢献は終わってしまう。でも人の役に立つ資産や有益なサービスを提供する会社を残せば死んでも社会に役立てるんだ」

鳥肌の立つ話だった。死んでも社会に貢献できるなんて！ 確かにとても崇高《すうこう》な活動のように感じた。それでいて働かずにお金が得られるなんて、まるで天国じゃないか。しかしすぐに現実に引き戻される。ちょっと考えてもとても難しそうだからだ。でもいつか手に入れたい！

「不労所得を手に入れるにはどうしたらいいんでしょう」

弓池は卓也が本気で興味を引かれている様子に満足そうに微笑んだ。

「不労所得を手に入れるルールを教えよう。それは〝投資が先で消費が後〟というルールに従うことだ。消費とはお金を生み出さない買い物のこと。たとえば車や持ち家はお金を生み出さない。それに対して投資とはお金を生み出す買い物のこと。アパートは家賃を生み出すだろう。不労所得を手に入れるにはできるだけ消費をしないで先に投資をするんだ。でも多くの人は消費を先にしてしまう。なぜならば消費は〝すぐに楽しい〟からだ。先にお金を消費してしまったらいつまでたっても投資をすることができない」

すでにやる気満々だ。

「是非、僕も不労所得を手に入れたいです。アパートはどうやったら買えるんですか」

「慌ててはいけないよ。まずは、収入を増やすことだ。よい条件の不動産を手に入れるにはそれなりの資金が必要だ。高収入を得るようになれば人脈も広がり、そういった情報も自然と来るようになる」

「どうやったら収入が増えるんですか」なんだか核心に近づいてきた。そう、ここが一番聞きたい部分だ。

## 成功者のマネをする

弓池はゆっくり説明するために卓也を元のソファーに座らせた。

「収入を増やすポイントは2つある。経済を川にたとえると、第1のポイントは〝川からひとつのよい流れを作る〟こと。毎回自分で水を汲むんじゃなくて水を汲みあげるシステムを作るんだ。システムを作るということは、まず最初に水を汲む方法を確立するということだね。どうやったらたくさんの水を汲むことができるかという方法だ。そしてできるだけそれを大きくすること。その時に人の力を借りるのがポイントだ。汲む方法を確立したら人を雇って代わりにやってもらうんだ」

「はあ、川から流れを作る……ですか」分かったような分からないような。

「君の場合でいうと車を売るのが水を汲むということだから、君は上手に車を仕入れて高い値段でたくさん売る方法を確立するわけだ。そして人を雇って代わりにやってもらう。上手に仕入れて高い値段でたくさん売る方法が『商売の仕組み』といわれる部分だ。これに集中するのがポイントだね」

「頭がよくないとできなそうですね」頭のよさにはあまり自信がなかった。

「そう、頭を使うんだ。芸術やスポーツと同じようにビジネスの世界にも天才がいる。商売の仕組みを考えるのはビジネスの天才には簡単なことだけれど、そうじゃない人には少し難しい。でもビジネスの天才じゃない人でも商売の仕組みを考えるコツがあるんだ」と言って話をやめた。当然猛烈に聞きたくなる。

「コツってなんですか？」

弓池は教えるのがすごく楽しそうだ。

「それは〝成功した人のマネをする〟ということ。成功した人をよく観察して、その人のよいところを徹底的にマネしていくんだ」

「それはあんまり考えたことなかったですね。成功するにはマネしていたらダメだと思っていました。それにマネをするのって悪いことのような気がするし……。そうか、それが間違った価値観なんですね」

「確かにマネしていてはダメな世界もある。オンリーワンが求められるような、たとえば芸術とかいったものだ。でもほとんどの商売ではマネして成功しているのさ。みんな誰かからヒントを得ているんだ。だからいいんだよ、どんどん成功している人のマネをすれば。人類はマネをすることで発展しているんだからね」

自分が求める成功への近道を見つけたようなウキウキした気持ちになった。弓池と話していると何度も味わえる気分だった。

## 他人の成功を助けることが成功の鍵

弓池はさらに続けた。

「収入を増やす第2のポイントは、そうした〝収入の道を増やす〟ことだ。田んぼに水を引くのに、1つの川からよりも5つの川から引いたほうが安心だろう。もし1つの川が干上がっても残りの4つの川から流れ込んでくるからね。ビジネスだってそうだ。長期間お金持ちでいる人はこれをやっている。反対に、お金持ちの時もあれば貧乏になったりする時もある人は、1つの流れしか作らない。だから干ばつになると収入も途絶えてしまうんだ」

卓也は、川が自分の所に流れ込んでいる様を思い描けた。いくつも収入があるのはなんて素晴らしいことだろう。想像してニヤニヤするのを抑えることに苦労した。弓池の前でニヤニヤはまずい。

ひとつ疑問が浮かんだ。複数のビジネスを立ち上げて収入の流れを増やすなんてどうすればいいのだろう。今の商売だけでも手一杯だというのに。途方もなく遠い道のりのように感じた。

「その鍵を知りたいかい？」

「お願いします！」

弓池の言葉に卓也は目を輝かせて身を乗り出した。

「それは〝他人の成功を手伝うこと〟なんだ。そしてさっきも言ったけど私が一番やりたいのはこの考え方を広めることなんだ」

それを聞いて卓也は少し肩透かしを食らった気がした。あまりにも抽象的で今の自分には無縁な話のように思える。

「魔法のような方法があるかと期待したかい」

「うーん」

「どう感じているか言ってごらん」

「無理なんじゃないかと思います。なぜかというと、人の成功を助けてその人が成功したら、自分が成功できなくなってしまいます。できなくなることはないにしても、確実にそのチャンスは少なくなる気がします」

「どうして？」

どうしてだって？　そんなの当たり前じゃないか。誰かが儲ければ、誰かが損するに決まっている。でも素直にそう言えなかった。

「誰かが豊かになったら、他の誰かの豊かさが減るっていうこと？」

「そうです、ね」

ズバリ核心を突かれた。弓池の鋭さには驚かされる。

「いいかい。ものすごく大事な考え方だからよく覚えておくんだよ。この世の豊かさは無限なんだ。たとえ有限だとしても海の水ほど膨大なんだ。でも君は、それを小さな潮溜《しおだ》まりくらいに思い込んでいる。海辺に立ったところを想像してごらん。君が手ですくった海水を隣の人に分け与えても、海の水の量は減るかい？　減らないね。すくった分だけ新しい海水が流れ込んで来る。どんどん分け与えてもどんどん新しい海水が流れ込んで来るんだ。これがこの世界の豊かさの本当の姿だ」

信じがたかった。地球は丸いと初めて聞いた人間も、おそらくこんな気分だったのだろう。

「この考え方を受け入れるかどうかは君の自由だ。しかし、これに気がつかないでいると、ほんとうに小さな潮溜まりで生きていくことになる。そこには同じ考えの人たちがたくさん住んでいて、お互いに騙したり騙されたりして豊かさの奪い合いを演じるわけさ。でも、豊かさは無限だということに気がつくと、同じように無限だと思っている人たちの世界に入ることができる。奪い合いの世界に対して、分かち合いの世界だね」

足元がぐらぐらと揺さぶられ、耳元でがんがんと鐘が鳴っているようだ。まったく今、自分はそういう世界に住んでいる。豊かさは限られていると思っている。だから、その通り醜く奪い合っているのだ。

## 不要な価値観は捨て去る

「今の話、かなりショックでした。でも僕には人の成功を助けるというのはとても無理なように思います。自分のことだけでも大変なのに」

就職しなかったことを後悔する時がある。中古車屋の仕事の状況は厳しい。それなのにうまくいっている振りをしてしまう自分。父がリストラされてから家が経済的に大変なこと。不安で眠れない日があること。そんな思いが言葉となって出てしまった。弓池は卓也の思いが出尽くすまで静かにうなずきながら聞いていた。

「でも私には見えるよ。将来君が人の成功を助けている姿がね」

確信を持った強い言い方だった。

「君は、将来成功するために今の苦しい経験をしているんだ。しかしそれは順調に事が進んでいる証拠だ。今、苦しい思いをしているのは、将来君と同じ苦しい思いをしている人に出会った時に彼らを助けるためなんだ」

その言葉がしびれるような感動を呼び起こした。

「今、君が体験している辛い出来事も苦しい思いもすべて、成功するために誰もが通るべき道だ。

君にも将来悟る時が来るだろう。すべては人生で成功するために、愛を学ぶために必要な出来事だったと。そしてすべては必然だったのだと。こうやって私と出会ったのも必然だったんだ」

その言葉を聞いていると自然に涙が出てきた。人前で泣いてしまうなんてこんなことは初めてだった。

「すみません。なんか涙が出てきちゃった」

「いいんだよ。君はいいアンテナを持っているね。感情を自由にしてあげると幸せになるよ。泣きたい時は泣いて、笑いたい時は笑えばいいんだ」

だが、恥ずかしくて弓池の顔を見ることができなかった。

「僕は本当に何をしたらいいか、どうすれば成功するのか全然分からないんです」

弓池は立ち上がって空になったハーブティーを入れなおした。新鮮なレモングラスの香りがふわっとただよう。

「でも、こうなりたいとか、不労所得が欲しいとかいう願望はあるんだろう」

「はい」

「この世界には人間が意図したことを応援する〝偉大な力〟が存在するって話を覚えているかい」

「思った通りの人生にしかならないという話ですね」

「そう。だからまずはどうなりたいかを思い描くことだ。そうすると、それをかなえるような『偶然にしてはタイミングがよすぎる出来事』がたくさん起こる。そこで自分の直感を信じて出来事からサインを読み取るんだ」

「でも僕にはそんな直感などないように思います」

「大丈夫。もう君はそれに気がついているし、うまく乗っているよ。ほら、課題を与えられて奇跡のように経営者を紹介してもらえたことはどうだい？　何か自分以外の力を感じないかい。今こうして私と話しているのも不思議な力を感じないだろうか。本当に偶然だけでここまで物事が進むものだろうか」

確かに最近は物事がうまくいきすぎる。気持ち悪いくらいだ。なんとなく裏で見えない歯車が噛み合ってクルクル回っているように感じていた。弓池と出会ったことや、小金井の助けで課題が達成できたことなど、すべてが不思議な巡り合わせで自分の前に現れているようだ。

「君はもう前よりも良い流れの中で生きているんだ。君が本当の成功を望めば、偉大な力はそれを積極的に実現しようとする。明確に意図すれば、偶然を超えた出来事が頻繁に起こるようになる。必要な情報がどんどんとやってくるし、運命的な人物との出会いが頻繁に起こるようになる。だから常に直感を鋭く保つんだ。そうすれば、誰かとの会話や、手に取った本や、他人の行動に成功のヒントを見つけられるようになる。君は磁石のようにさまざまなチャンスを引き寄せて、周囲が驚くようなスピードで意図した目標を実現させていくだろう」

弓池の言葉は卓也の心を震わせた。気がつくと手が汗でべっとりとなっていた。

「その時に注意しなければいけないことがある。〝他人の笛でダンスを踊らない〟ことだ。他人の成功に惑わされてはいけない。君には君の成功がある。たとえば誰かが『経営者の価値はどれだけ多くの部下を従えているかで決まる』と言ったり、また他人に食事を奢《おご》ることで崇拝されて気分よくしているのを見たりして、安易に自分もそうしようと思ってはいけない。どちらも恐怖から生み出される成功だ。人から拒絶されるのではないかとか、愛されないのではないかという恐怖から人を従えても、決して幸せにはなれない。意図したことは良いことも悪いことも現実になってしまう。だから他人の笛でダンスを踊らないことだ。自分の旋律に合わせて踊らなければならない。もし、そういった他人の価値観で受け入れてしまった無用なものがあったら捨てるんだよ」

自分の中には不必要な他人の価値観がたくさんあるに違いなかった。でも既に頭の中がいっぱいになっていた。家に帰ってゆっくり考えたい。

今日のレクチャーはこれで終わりだった。

弓池と美晴が玄関まで見送ってくれる。

「次回までにこれを宿題にしよう」

弓池が手渡したのは「人生の目的を見つけるためのワークシート」と書かれた紙だった。

「これで君の〝人生の目的〟を考えてごらん」

卓也は、その紙を受け取ると、丁寧に今日のお礼を言って玄関のドアを開けた。高台から見える夜景がきれいだった。それぞれの窓の明かりの下で人が暮らしている。どんな人生を送っているのだろう。分かち合いの世界に生きている人は何人いるのだろう。

## 人生の目的を見つけるためのワークシート

それから1週間、卓也は宿題の「人生の目的を見つけるためのワークシート」に取り組んだ。そこには10の質問が書かれていた。

**《人生の目的を見つけるためのワークシート》**

1、使いきれないほどのお金があったら何を手に入れたいですか。
2、使いきれないほどのお金があったら何を経験してみたいですか。

3、それぞれを手に入れる、もしくは経験するとどんな感情を持ちますか。
4、上記の3つをもとにしてあなたの「夢リスト」を作ってください。書いたものはすべて実現します。
5、どんな自分にはなりたくないですか。
6、どんな自分になりたいですか。
7、あと1年の命だといわれました。何をしますか。
8、すべてのやりたいことをやってもまだ後1か月残っています。何をしますか。
9、「理想の1日」の朝起きてから夜寝るまでを書いてください。
10、人生の目的はなんですか。そのために最初に目指すべき小さな目標はなんですか。またその期限はいつですか。

卓也は静かにひとりで時間をとって考えた。すべてを1日では書くことができなかった。何日かかけてなんとか書き記していった。すべての質問が難しかった。これほど夢とか願望について詳しく考えたことはなかったからだ。手に入れたいものや経験したいことがなかなか浮かばない。最初は今の状態から抜け出したいという気持ちばかりだった。夢が心の中から消えてしまったようだ。質問の答えがあまりに出てこないので、ひょっとして自分には欲というものがまったくないのではないかと思ったほどだ。

あれこれ思い悩んだ末に「夢リスト」には13個の夢を書いた。

7番目と8番目の質問は新鮮だった。人は誰でも頭の片隅ではいつか死ぬと分かっているが、それを意識している人はまれだ。人生に期限が切られると本当に大切なことが見えてくるものだ。

理想の1日はこう書いた。

> 「朝、高層マンションの一室で目覚まし時計をかけずに自然に目覚める。ダイニングでは美しい妻が朝食を用意して待っていた。午前中は仕事を入れていなかったので愛車のNSXでスポーツジムに行く。汗を流してリフレッシュする。

午後は、投資している起業家が家にやってきて経営の相談に乗る。自分ではもう業務レベルのことはする必要がない。夜、家で外の夜景を眺めながら夕食をとる。独立当初の苦労した話をする。『今日みたいな1日を夢見て頑張ってきたんだ』と言うと妻は『あなたのような行動力のある男性と結婚できて幸せだと言ってくれる」

書きながらまるでその情景が見えるようだった。うっとりするような夢の世界だ。もし本当に現実になったらどうしよう。困ってしまうかもしれない。何に？　いや、困ることは何もない。ひとりだから思う存分ニヤけた。しかし高層マンションも奥さんも車も投資先もまだどれも手に入れていない。ずいぶん先の話だと思った。最も難しかったのは最後の「人生の目的」だった。思いつく言葉をそのまま書いていくと、人生の目的らしきものがだんだんと見えてきた。最終的に決まった人生の目的はこうだ。

**「多くの収入と時間を得て人々を楽しませ人生の喜びを味わいつくすこと」**

とてもすっきりした気分だ。ぼんやりしていた目的地がついにはっきりと見えたのだ。この文章を噛み締めると力がみなぎる。まだそこに到達していなくても目的地が決まったということはとても大きな成果だと思った。

そして11番目の「最初に目指すべき目標」は「成功に必要なことを学びながら2年以内に毎月100万円の収入を生むビジネスを確立すること」に決めた。2年以内で100万円ならたぶん達成可能だろう。最初に目指す地点が明確になったことでやる気が湧いてきた。なんとなくとてもよいことが起こりそうな気がする。

ノートを見返しながら、弓池が話してくれた言葉を思い起こした。話の内容もすごいが、弓池を包む、あの不思議な空気はいったいなんなのだろう。オーラとかそんなものは今まであまり信じていなかったが、確かにそういうものを感じるのだ。威圧しているのではない、はっとするようなそれでいて柔らかく温かい。一緒にいられる自分が誇らしく感じるような感覚。

弓池への信頼感が日増しに高まっていることに気づく。最初、「自分は騙されているんじゃないか」などと、ずいぶん失礼なことを考えていたものだ。これから先、どんなことを教えてくれるのだろう。

## 〝夢リスト〟に書いたものは実現する

翌週のレクチャーで、記入したワークシートを弓池に見せた。欲しいものや経験したいことがなかなか思い浮かばなかったことを話した。

「夢リストに書いたものは本当に実現するよ。思いついたらどんどん付け加えること。他人の夢を聞くのもいい刺激になるだろう。普段から『あれは自分も欲しいだろうか』と自問するようにするといいかもしれないね。書かないものは実現しないからもっともっと増やしたほうがいいんじゃないかい？　やりたいことや欲しいものはたくさんあるはずだよ」

話を聞いて実現したいことがたくさん頭に浮かんできた。ビジネスクラスで海外旅行に行ってみたいし、両親には旅行をプレゼントしたい。有名になってみたい。もっと考えれば出てきそうだった。

「それから、毎日それを手に入れた自分を想像すること。欲しいなと漠然と思うんじゃなくて、手に入れた場面を思い浮かべるんだ。ありありと想像すればするほど実現する確率は高まるよ」

「はい。毎日思い返します。楽しそうですね」

そんな楽しいことなら毎日やっても苦にならないと思った。

卓也は気になっていたことを質問してみた。

「以前、弓池さんは時間を手に入れるコツは人の成功を手伝うことだと言いました。僕が弓池さんに貢献するにはどうすればいいですか」

「そんなことを聞いたのは君が初めてだよ」

弓池はとても驚いたようだった。

「それで君は何ができるのかな」

「今は良い中古車を提供することくらいです。でもそれは1回で終わってしまうし、成功の手助けをするほどのことではないと思います。それで考えたんです。前回弓池さんは他にもビジネスを持ちたいと言っていました。自分が死んでも家族にお金が入り続けるように。もしそれのお手伝いを僕ができたらと思います」

弓池はその提案を嬉しそうに聞いていた。

「それにこうして話の中で教えてもらうだけではなく、実践でビジネスを成功させるノウハウを学べたら、それはとてもいいと思います」

「とても嬉しいね。そんなことを言ってくれた人は初めてだ。君は相手を動かしてチャンスを手に入れるコツを知っているようだね。そういうのを自分の利益と相手の利益が重なり合う提案というんだ。普通の人は、自分の利益を要求するばかりだからね。そう言ってくれるのはとても嬉しいよ」

弓池が喜んでくれたので卓也はさらに嬉しくなった。しかしこれもすべて弓池に教えてもらったことなのだ。成功者の真似をすると自分もいい方向に流れが向かっていくようだ。

そして弓池から次回までの宿題が出された。

「まずはビジネスプランを3つ立てて持っておいで。とてもいい訓練になるし、もしも本当に儲かりそうなものが考えられたら実際にやろうじゃないか。私は君の成功に協力するから、君は私の希望を叶えてほしい」

とても素晴らしい方向に話が進みそうだった。立てたばかりの「最初の目標」の実現に向かっている気がする。

「そうそう、ビジネスプランを作るときの注意点が2つある。1つは奇抜なアイディアでなくてもいいこと。もう1つは普通に儲かるビジネスを考えること」

それなら得意だった。中古車の販売がうまくいっていなかったので、どんなビジネスが儲かるだろうかといつもアイディア帳に書いていたからだ。その中にたくさんのアイディアがある。ほとんどはほんの思いつきで書いた実現不可能なものだったが。

家に帰って、すぐに机に向かい、その中から、実際にできそうで弓池が褒めてくれそうなものをまとめ、それぞれのビジネスの概要を煮詰め、紙に書き出した。

**①カラーコーディネイターの派遣業……**

どの色が似合うかをアドバイスするカラーコーディネイターをオフィスや自宅へ派遣する。

**②地方のお店の体験教室……**

たとえば、柏餅の店なら伝統の柏餅作りなどの独自の教室を開催し、都会から生徒を送り込む。地方の儲かっていない商店街を活性化させる。

**③出張フィットネス……**

フィットネスクラブに行く時間がないというエグゼクティブのために、フィットネスインストラクターが会社または自宅まで出張し、指導する。

## 6 訪れたチャンス

### ホームランを打つ必要はない

次の週、事業計画書をワープロでまとめて弓池のレクチャーに持参した。

「どれもユニークだね」

嬉しかった。その後に続く言葉をドキドキして待った。

「でもこれらのビジネスには共通した問題があるね。ひとつ目は『お金の問題』だ。始めるのにいくらかかって、その後の売り上げがいくらになるのか、運営するのにいくらかかるのか、そしていくらの利益が見込めるのかが書かれてないね」

確かに計画書なのにお金のことがすっかり抜け落ちていた。何にどれくらい費用がかかるか分からないので書かなかった。弓池をガッカリさせてしまっただろうか。自分に対する評価が下がってしまったのではないかと不安になった。

「もうひとつは『どう集客するか』だ。こういった斬新なビジネスは、当たれば儲けも大きいのだが、軌道に乗るまでが難しいんだ。お客さんに知ってもらい、詳しい内容を理解してもらうまでにたくさんの宣伝活動が必要だ。それには多額のお金がかかる。そして、お客さんにとっては馴染《なじ》みがないために、試すにはちょっと勇気が必要だろう。たとえば、誰だってアイスクリームを買うのに抵抗はない。いつも買っているから馴染みがあるんだ。だから旅行先でも抵抗なく買える。もし君がアイスクリーム屋さんを始めたとすると、お客さんはそれほど抵抗なく最初の1回を試してくれるだろう。でも今まで体験したことのないサービスだったらどうだろう。それを試すのには勇気が必要だろう。

つまり市場がないところに市場を作ろうとするのは大きなチャレンジだ。まったく新しいサービスに挑戦するのは勇気ある行動だけれど、堅実にビジネスで成功するという立場からみれば遠回りなんだよ」

弓池の指摘はもっともで納得できるものだった。

「いいかい、社会の構造を変えてしまうような大きな変化を起こしたいのなら別だけど、君のように個人のレベルで成功を目指すのならば、大リーグでホームランを狙う必要はない。草野球でヒットをたくさん打てば十分なんだよ。確実に成功するには、少しの改良で抜きん出ることができる業界を選ぶんだ。つまりこういうことだ。

**1、世の中に同じ商売がいくつかあること。つまり市場があること。**

**2、2社以上の大手が熾烈な競争を繰り広げていないこと。大手の競争が激しいとすでに多数の改良・革新の努力が重ねられていて簡単に真似ができず入り込む隙がない。逆に1社が占有しているような場合は独占状態に安穏としていることが多いのでチャンス。**

**3、そういう業界を見つけたらそこそこ儲けているやり方を真似る。そして、工夫と改善を付け加えて、それより少しでもよいシステムを作り上げる。そうすれば比較的簡単に抜きん出ることができる。**

この3点をクリアすることはそれほど難しいことではない。こうして成功している人がたくさんいる。画期的ではないからめったに雑誌には取り上げられないけどね」

「なるほど。確かに、まったく誰もいないところにゼロから作るよりも簡単そうですね。

それに、10人の経営者もそんな感じでした。画期的なビジネスをしている人はいませんでしたね」

「そうそう、目立たないけど断然簡単なのさ」

弓池に指摘されて、自分がホームランを狙っていることに気がついた。そうか、ヒットでいいんだ。そう思うと少し気が楽になった。

## 〝売れる仕組み〟を作る

突然弓池が思いがけない話を持ちかけた。

「実は今ちょうど、面白いビジネスの話が来ているんだ」

「何ですか」思わず身を乗り出した。

「昨日、経営をしている友人が遊びに来たんだ。彼はいくつかビジネスを持っていて、その中のひとつに整体院がある。そこそこ儲かっているようだよ。もしやりたければ整体院のやり方を教えてくれるというんだ。もし君にその気があるのなら、工夫と改善を付け加えてさらによいシステムを作り上げてみてはどうだい」

「でも事業を横取りするようで大丈夫ですか。お友達に何かメリットはあるんですか」

「これは彼が言い出したことなんだ。当然いくらかのロイヤルティは払うことになるだろう」

「なるほど、整体院はさっきの条件に当てはまっているように思います。でも僕は整体を受けたこともないし、もちろんやり方も知りません。そんな程度でうまくいくのでしょうか」

「なんとなくうまくいかない気がするんだね。では興味があればうまくいくのかな」

興味があったほうがいいような気がする。でも興味があったからといってうまくいくのだろうか。考えてみたが分からなかった。

「花が大好きな人がいたとしよう。そういう人が、好きだという理由だけで花屋をオープンして成功していると思う？」

卓也は普段町で見かける、客のまばらな、明らかに儲かっていないだろうと思われるたくさんの花屋を思い出した。

「いや、儲かっている店もあると思いますが、そうじゃないところも多いと思います」

「ではマクドナルドはどうだろう。とても優れたビジネスシステムだね。世界中どこでも同じ味のハンバーガーを食べることができる。それを作っているのは長年修業した一流のシェフじゃなくて短期間の研修を受けたアルバイトだ。マクドナルドはそのシステムのおかげで成功を収めている。それでは、あのビジネスシステムを作った人はハンバーガーが好きだと思うかい」

マクドナルドのシステムを作った人を誰か知らないので分かりませんと答えるしかなかった。

「そう、好きかもしれないし、好きじゃないかもしれないよね。つまり、ビジネスの成功とその商品やサービスに興味があるかどうかはあまり関係がないんじゃないかな。最低『嫌い』でなければいいと思うよ。嫌いなものを扱うのは苦痛だからね。むしろ、商品やサービスにこだわりがある人は、こだわりすぎて商品やサービスしか見えなくなってしまう。そうすると経営はうまくいかない。商品が好きだということとそれを売ることは本当は全く別のものだからね」

確かにそうだと思った。自分は今まで、経営を置き去りにして車のことしか考えてこなかったのかもしれない。車の雑誌を毎月何冊も買って読んでいたから車の知識は豊富だった。その人にぴったりの車がどれかをアドバイスすることに自信があった。でも、「経営」という視点を持ったことはなかった気がする。花には詳しいけど儲かっていない花屋と同じじゃないか。

「整体に興味がないほうがいいのでしょうか」

「整体に興味があってもなくてもどちらでもいいと思うよ。嫌いでなければね。興味がなければその分、経営のほうに目が向くだろう。逆に興味がある時は、こだわりすぎて経営者としての仕事が疎かにならないように気をつけないとね。全体が見えないのは困ってしまうから」

「正直言うと、整体に興味はありません。嫌いでも好きでもないです。でも何かのビジネスは成功させたいと思ってます」

「日産を立て直したカルロス・ゴーンを知っているかい。彼は最初、タイヤメーカーのミシュランに就職したんだよ。しかも誘われてだ。タイヤになんて興味はなかっただろう。でも偉大な結果を残した。そして、フランスの車メーカーのルノーに引き抜かれて日産に来た。つまり、経営という仕事は扱うものが変わっても本質的な部分は変わらないということだ。能力を身につければ、どんな商品・サービスを扱う会社でも経営できるだろう。ほら、よく他の会社から経営者が引き抜かれて、別の会社のCEOになるだろう。あれはそういうことさ」

この考え方にはとても納得させられた。

「いいかい。今から経営者として成功する人の共通する考え方を教えるよ」

卓也はノートを取ろうと構えた。弓池は興味を引くのがうまい。

「自分ひとりでよい商品やサービスを作って売ろうと思ってはいけない。よい商品やサービスを作り出す仕組みと売れる〝仕組み〟を作るんだ」

〝収入を増やす2つのポイント〟とカルロス・ゴーンの話を聞いていたので、すんなりと理解できた。

「なるほど。仕組みを作るのが経営者の仕事ですね。そして得意な人を雇うんですよね」

「そういうこと。ただし、最初は雇うほどの余裕はないから自分でもやることになるだろうけどね」

「そうか。だから扱う商品やサービスなんて何でもいいわけですね」

自分でそう言った時、卓也は整体師になって整体院をやってみてもいいな、と思った。

今日もすごいレクチャーだ。「成幸のカニミソ」がどんどん充実したノートになっていくのが嬉しい。回を重ねるごとに新しいノウハウが加わるのは気持ちがよかった。本にまとめたらきっと売れるんじゃないだろうか。

## 不況でも儲かるビジネス

弓池はさらに続けた。

「何か質問はあるかな」

質問を探すためにノートを見返した。このチャンスにできるだけ多くのことを教えてもらわなければもったいない。聞けば必ず期待以上の情報が出てくるのだから。

「弓池さん、世の中に同じ商売がいくつかあって、大手同士が熾烈な競争を繰り広げていなければどんなビジネスでもいいんですか」

「何でもというわけではないよ。その業界全体が落ち込んでいる場合があるからね」

「どういうことでしょう」

「好景気と不景気で儲かるビジネスの法則があるんだよ。時代の流れに逆らったものをやってはいけない。今の日本の経済状態はどうだい」

「不況です」

「そうだね。好況と不況とではそれぞれどんな種類のビジネスが儲かると思う？」

「好況なら、レストランとかバーでしょうか。不況だと何が儲かるんだろう……」

これはなんとしても聞き出さないといけない情報だと思った。

「ビジネスを痛みと快楽で分けると、〝痛みを取り除くビジネス〟と〝快楽を与えるビジネス〟がある。痛みを取り除くビジネスにはどんなものがあるかというと、節約、医療、教育、宗教の４つだ。痛みを取り除くビジネスには好況でも不況でも景気に関係なく人はお金を払う。だから痛みを取り除くビジネスは不況でも儲かるんだ。

『節約』はお金を支払う痛みを取り除く。中古車やリサイクルは節約だね。住宅リフォームなども家を建て替えるより安く上がる。

『医療』も病気という痛みを取り除く。貧乏だからといって、ガンの告知を受けて放っておく人はいないだろう。

『教育』は不況では将来の不安を感じる。それを避けるために資格を取ったり、スキルを身につけたりしようとする。資格や英会話の業界が伸びているらしいけど、そういう理由からだろうね。

『宗教』に人々は心の救済を求めるだろう。最後は宗教に頼りたくなってしまうんだね。本来はビジネスじゃないけど、多額のお布施《ふせ》や祈祷料《きとうりょう》を要求する悪徳宗教も多いね」

これは素晴らしいヒントだと思った。

「一方、快楽を与えるビジネスは、君が言ったレストランや遊園地などの遊びのビジネス。それから新築の家や新車だね。不況だと人は快楽を与えるビジネスに対してはお金を払うと思うかい」

卓也は倒産した飲食チェーン店や次々と閉鎖されるテーマパークを思い浮かべた。

「ええと、不況だとお金を払わないですね。倒産しています」

「そう、人は快楽よりも痛みから逃れるほうを優先するから、快楽を与えるビジネスは不況だと儲からなくなってしまう」

「そうか、その話を聞いて、儲かるビジネスと儲からないビジネスの法則が見えました。だから弓池さんは整体院をすすめてくれたのですね。医療に入る整体院は不景気でも儲かるというわけですね」

「まあそういうことだね。ただ、必ずじゃないから勘違いしないでくれよ」

卓也はまたも、ビジネスで成功する人はその考え方が全然違うということに気づかされた。人生や心についてまるで心理カウンセラーのように詳しい上に、ビジネスについても優れた知識を持っている。スーパーマンのような弓池に感心するばかりだった。今日も充実したレッスンだった。

そして、ついに望んでいた新しいチャンスが来たのだ。しかも弓池という成功者と一緒にビジネスができる。こんな幸運は一生に一度あるかどうかだろう。しかしどこかやる気スロットルが全開にならないのも確かだった。整体院というところがやはりどうも引っかかる。なぜかを考えたが、どうもよく分からなった。

チャンスであることは間違いないので、とにかく整体院をやる方向で検討を進めた。開業するには整体師の資格が必要だという。整体といっても国家資格ではなくさまざまな種類がある。弓池の友人が紹介してくれたものだと期間は数か月で取れ、費用は50万円ほどかかるらしい。

## 投資の師匠との出会い

レクチャーの3日後、弓池から電話があった。整体院を経営しないかと言ってくれた友人に直接話を聞くことになったという。卓也の心は躍った。もちろん整体院について詳しく聞きたいというのもあったが、弓池と一緒に見学に行けることが嬉しかった。弓池はいつも卓也の考えや姿勢を褒めてくれる。成功のノウハウを教えてくれるのもそれは嬉しいことなのだが、それ以上に忘れかけていた自分の価値を感じることができるのだった。

弓池の自宅に行くと、家の前にエンジンがかかった状態のフェラーリ355が停まっていた。なんと今日はフェラーリで見学だ。卓也は子供のように跳び上がって喜んだ。今日は最高の日だ。

車の中で弓池はこれから行く店のオーナーについて話してくれた。

「今から行くところのオーナーは湯沢という人物だ。僕が営業マンだったころの取引先の社員でね。7年前に独立して今ではビジネスオーナーだ。彼のビジネスセンスは優れている。私の投資の師匠でもある。知り合いの中でも非常に成功している人物だね。比較的小さな整体院だけど、毎月50万円ほど安定して利益を出しているそうだよ」

「その湯沢さんが経営しているのは整体院だけなんですか」

「いやいや、整体院はたくさんある中の1つだよ。1年前には4つか5つのビジネスに手を出していると言っていた。そうそう、古本屋でも成功している。前に聞いた時には古本屋だけで10店舗といっていたから今ではもっとあるはずだ」

1時間ほど走ったころ、弓池は「ほら、あれが湯沢の店だよ」といって、ちょうど前を通り過ぎようとしている本屋を指さした。10台以上も停められそうな駐車場がある大きな店だった。

「そういえばさっきも同じ看板の店を見ましたよ」

「ここのあたりに何店舗か出しているから、それも彼の店のひとつだろう。それからあのイタリア料理店もそうだよ」

そう言って指さした先に、大きなイタリアの国旗がかかったレストランがあった。いったい湯沢とはどんな人物なのだろう。卓也は弓池に「ビジネスセンスに優れている投資の師匠」と言わしめるほどの大物と、今から会うと思うと緊張せずにはいられなかった。

2人の乗ったフェラーリが到着したのは5階建ての新しいビルだった。整体院はこの3階のテナントとして入っている。エレベーターで上がり、店に入ると白衣を着た院長らしき人が出迎えてくれた。訪問することがあらかじめ伝えられていたのだろう。「オーナーを呼びます。そこでお待ちください」と整体院の待合室のソファーに案内された。そこに座り、弓池と2人で店内をきょろきょろ見回しながら待っていた。待合室からはよく見えなかったが、奥にお客さんがいるようだ。

5分くらいして「よお弓池！」と弓池と同じくらいの年齢の男性が明るい顔で

やってきた。彼が湯沢という人だろう。小柄だが肩幅が広く卵形の顔とセサミストリートの人形のような雫《しずく》形の鼻が印象的だ。動作はきびきびしていて、卓也の目には精力的な人物に映った。目がくりくりとしていて人好きな性格がうかがわれた。弓池と湯沢は久しぶりの会話を交わしながらひとしきり再会を喜びあった。卓也は何か気の利いた言葉で会話に入ろうと思うのだがすっかり緊張して何も言えなかった。湯沢という人が大物だという先入観ができていたからだ。

「あなたがうわさの中古車屋さんだね。会えて嬉しいです」

湯沢は気さくに握手をしてくれた。表情や声は穏やかだが、握った手は力強かった。小柄な体から自信が溢れているようだった。弓池と卓也は早速店内を案内してもらった。

「ここが受付で、そこが待合室」

受付はカウンターの上にレジが置いてあるだけのシンプルなもの。待合室にはテレビと3人がけのソファーが置いてあった。

「その奥に整体を行う場所があります。今ちょうどお客さんが2人来ていますので、静かに行きましょう」

そう言って湯沢は声を潜めて先導してくれた。弓池と卓也はできるだけ邪魔にならないように足を忍ばせた。

そこは本当にこれで儲かっているのかと思うほどシンプルな造りだ。何か専門の機械が置いてある部屋を想像していたのだが、絨毯《じゅうたん》の上にマットが10枚ほど並べられているだけだった。マットは専用のものらしいが、絨毯はどこにでも売っていそうだ。

「今、背骨の矯正をしています」

湯沢は小声で説明した。先ほどの院長が仰向けに寝たお客さんの足の片方を折り曲げて屈伸運動をさせていた。

## 成功者に不況は関係ない

店の設備はとてもシンプルで見学するのにそれほど時間はかからなかった。まだお客さんがいるのであまりじろじろ見るのも失礼な感じだ。5分ほどで店を出た。

「私の家がすぐ近くにありますから、そこで詳しく説明させてください。さっきの院長は2年前までは車のセールスマンだったんですよ。今では見るからに院長先生って感じでしょう」

卓也は先ほどの院長を思い浮かべて驚いた。もう何年も整体師をしているかのようだった。

「整体師になるのは簡単です。整体といってもいろいろあって、うちでやっているのは背骨の矯正だけを行うものなんです。それだけでも腰痛や肩こりといった大抵の痛みは治りますね。ところで、あなたが整体師になるんですか」と卓也のほうを向いて言った。

「はい。一応そのつもりです。でもまったくの素人なのでできるか心配です」

「誰でもできるわけではないですが、弓池から話を聞いた限りでは問題ないでしょう。やっぱり人間としてちゃんとしている人でないと困りますから。それにちゃんと学校があって、一から教えてくれます。その学校での実習は3か月で修了です。それだけだと心配なら、優秀な先生を知っていますので、実習後にそこで修業すればいい。うちの院長も1か月修業したんです。必要なら紹介しますよ」

5分くらい歩くと湯沢の自宅に着いた。黒い大きな車用の門の横に通用口がある。

凝った造りの門で、そのサイズは横に車2台分くらいの大きさだった。近所を通りかかったらこんな家に住んでいるのはどんな人だろうと想像してしまうような門構えだった。

湯沢は脇の通用門を開けて「どうぞ」とお客さんを中に案内した。

ぱっと見る限り、建物は2階建ての普通のものだが、敷地が広い。庭の中央にはプールがある。プールを囲むようにして手入れが行き届いた熱帯に生息するような植物が植えられている。人が泳ぐにはちょっと狭いようだ。子供用だろうか。卓也が驚いて見ていると湯沢が言った。

「それは犬用のプールです」

犬用!?　その声を聞きつけて2匹のゴールデンレトリーバーが尻尾をめちゃくちゃに振りながら家から勢いよく走り出てきた。横を見ると弓池が身を固くしている。弓池は犬が苦手のようだ。2匹が喜んで湯沢に飛びつく。卓也は湯沢が自分と同じ犬好きだと知って親近感を覚えた。

家の中は、1階はリビングとキッチンだけ。両開きの玄関のドアを開けると、大理石の床が段になっており、その先にフットサルでもできそうな広いリビングがある。犬の毛が落ちても目立たないようにするためだろうか、長めの毛足の絨毯はクリーム色だった。家具は少なくシンプルだ。部屋にぴったりと収まっているのでおそらく専用に造りつけられたのだろう。それらは同じクリーム色のために部屋が余計に広く見えた。右手には大理石のキッチンだ。ここも椅子が6脚置かれたテーブルだけが、アールデコ調のダイニングライトの下に品よく鎮座している。特に家に興味があったわけではない卓也もうっとりとしてしまう。

リビングのいかにも高そうなベージュの革張りのソファーに案内された。座ると対になったソファーの向こうに、先ほどの犬用のプールが見えた。

卓也が犬好きだと分かったのだろう。2匹のレトリーバーは、卓也のにおいをかいだあと体を押しつけて甘えてきた。しばらくなでてやると満足して足元で寝そべる。人懐こい犬たちだ。ディアと友達になれるだろうか。頭をなでてやりながらあらためて家の中を見渡した。

弓池の自宅も普通の家に比べたらとても豪華な造りだが、ここはさらに想像を超えていた。こんな家はテレビの中の世界だけだと思っていた。課題で会った10人の経営者のだれよりも成功しているようだ。卓也はすっかり圧倒されてしまった。こんなに成功している人が確かに存在しているのだ。

世の中は完全に2つに分かれている、とあらためて感じた。成功者とそうでない者の世界。世間は大変な不況だというのに、成功者には不況は関係ないのだ。普通は成功者の世界はテレビでしか触れることはないし、別世界のことのようで実感がないものだ。しかし、こうして確かに実在するのだ。卓也は自分もこの仲間に入りたいと思った。そう考えると、手と足の指にぎゅっと力が入った。絶対に成功しようと心に誓った。

## 成功する条件下でビジネスを始める

「これが整体院で使っているものです」と湯沢はチラシを手渡した。

「これにはずいぶんと苦労しましたよ。何回も反応を見て作り直しました。これが10代目かな。おそらくどの地域でもそこそこの反応があるはずです」

卓也は自分が有能であることを証明するために何か気の利いた質問をするべきだと思った。

「これをどれくらい撒いているのですか」というのが思いついた精一杯の質問だった。

「さあ、私はほとんどよく知らないんです。全部別の人間に任せているので」

作戦は完全に失敗だったようだ。相手のレベルが違った。経営者ではなく、事業の細かな部分を把握していないほどの事業家レベルだった。卓也は自分が変な質問をしたことに気づいて恥ずかしくなる。湯沢はそんなことは気に留めていない様子で話を進めた。

「これが初めて来たお客さんに説明するためのパンフレットやカルテなどです」

そのほかに入会契約書や料金表などのプリントを受け取った。すでにビジネスをスタートするための道具はすべて揃っている。

「やり方は全部真似ていただいてかまいません。その代わり利益が出たら3％をロイヤルティとしていただけますか」

利益の3％と言われても卓也にはそれが安いのか高いのか分からなかった。

「利益の3％、そんな程度の条件でいいの？」と弓池が聞き返した。身を乗り出していた湯沢はソファーにもたれかかった。

「ああ、もう十分儲かっているから」と肩をすくめる。そのしぐさは本当に儲かっている余裕を感じさせた。

「その代わり、成功して事業を展開した時は、すべての店の利益の3％を支払ってほしい。苦労して培ってきたノウハウだからね」

弓池はもちろんだとうなずいた。卓也も異論はなかった。むしろこちらにとっては楽すぎるほどの条件だ。

湯沢は卓也に向かって言った。

「私は弓池を買っているのですよ。彼はこれからもあなたみたいな起業家をどんどん育てていくのでしょう。私もその貢献プロジェクトに役立てられたら嬉しいんですよ。まあ私は儲かっているビジネスを紹介することくらいしかお役に立てませんけど」

最後ににっこりして付け加えた。

「しかし、3％といっても店舗が増えれば将来的には結構な金額になるでしょうしね」

「たしかに。1店舗50万の利益だとすると、10店で15万円。100店では150万円ですね」

「50万円は今の利益ですよ。弓池の手腕なら簡単に5倍ぐらいにはなるでしょう」

「ありがとう。でも私は彼にすべて任せようと思っているんだ。アドバイスはするけれど、利益を上げることだけを目指すのではなく、起業家が独自で成功するプロセスも同じように大切にしているからね」

「さすが弓池だなあ」

湯沢はとても感心したようだった。卓也も湯沢が弓池を高く評価していることが嬉しかった。卓也は2人のレベルの高い会話に興奮した。自分もこんなふうになりたいと思った。

卓也は今まで話の流れを聞いていて、またひとつ成功者の法則を発見した。成功者は他の成功者の力を借りる。そして、はじめから成功する条件でビジネスを始めるのだ。自分が中古車屋をしていた時は、何も分からず暗中模索で苦労した。それに比べると、成功する方法を教えてくれる人がいたり、うまくいったチラシをそのまま使わせてもらえたりするのは断然有利だ。マラソンで自分だけ折り返し地点からスタートするようなものだ。こんなによい条件があってもよいのかと思った。

そう考えると自分は長い時間を無駄に使ってしまったのだろうか。いや、そうではない。弓池が教えてくれたように、「すべては通るべき道で必然だった」のだろう。あの苦しい時期がなければこのようなチャンスにも巡り会わなかったし、もし弓池に会っていたとしても縁が続かなかったと思う。

## すべての責任を負うのが経営者

「あの整体院はオープンして2年目です。これが今までの収支表です。1年目は赤字も出ましたが、リピーターがついたのでだんだん売り上げが安定していきました」

湯沢が見せた収支表には売り上げと経費、そして利益が月ごとに一覧になっていた。売り上げと経費の項目は細かく、実際の信用に足る数字だと思った。利益は約50万円で、聞いていた通りだった。

無意識のうちに今までの自分のビジネスと比較した。まず、こうして数字をきちっとまとめているところがすごいと思った。こうして数字をまとめていると、月ごとの変動が手に取るように分かる。たとえば利益が少ない月の原因はパートの人員を増やしたからだとか、内装工事をしたからとか、その理由が明白だ。堅実な経営がうかがい知れた。自分の場合はどんぶり勘定の経営になっていた。雲泥の差だと思った。広告費ひとつとっても、どの媒体を使ったのか記録してあった。一口に支払いといっても費用と資産になるものがある。それらが適切な勘定科目として使われ、きちっと記録されていた。

「何かこれに関して質問はあるかい」と弓池が卓也に尋ねた。

特に質問は思いつかなかった。会計知識のない卓也には分からない項目があったが、分かっているようなふりをしてしまった。低レベルな自分をさらけ出すのが怖かったからだ。

このビジネスは絶対にうまくいくはずだ。弓池という成功者と、湯沢というこれまたすごい大金持ちが薦めるビジネスなのだ。すでに心ではやると決めていた。ならば早めに決意を伝えたほうがいい印象になるに違いない。卓也は弓池と湯沢の顔を見て言った。

「もう、是非やりたいと思います！」

沈黙が続いた。弓池は何も言わなかった。何かまずいことでも言ってしまったのだろうか。

「やると決めた理由は？」

「簡単に言ってしまうと儲かりそうだからです。絶対にうまくいくと思います。それに湯沢さんや弓池さんが言うのだから間違いはないと思います」

「でも君の報酬の額や責任の範囲が決まっていないよ。もし僕が後になって君にとても不利な条件しか許さなかったらどうするの」

「そういうことにはならないと弓池さんを信じていますから」

「そこまで信じてくれるのは嬉しいけれど、僕の信者になってはいけないよ。人を全面的に頼って自分で判断をしなくなったらそれはただの信者だ」

それは珍しく厳しい言い方だった。「でも、お金のことをとやかく言うのは失礼かと思って」と言い訳めいたことを口走ってしまった。

「君は経営者だ。経営者が契約の条件も確かめないで決断をしてはいけないよ。経営におけるすべての責任は自分にある。特に直接お金に関する報酬や権利、問題が発生した時の責任は誰が取るのかということはきちんと決めておくべきだ。人だけを信じて決断してはいけない。もし『この人が言うのだから』という理由で時間やお金を費やすと、お互いに不幸な結果になることがある」

何とか弁解しなければ。このままではダメな奴だと思われてしまう。自尊心を守りたい衝動が渦巻いた。しかし自分の甘い部分を指摘されて返す言葉がなかった。

「これは将来、君が僕のような立場になって起業家にチャンスをあげる時に気をつけなければならないことだよ。成功すると周りの人々が君の信者になってしまうことがある。自分を頼ってついて来てくれるのは気分がいいものだ。しかし、その〝信仰をベースにした関係〟はお互いにとって危険なんだ。信者は教祖を頼って自分で判断しようとしなくなる。もし教祖と崇拝している人からビジネスのチャンスをもらうと、無条件でうまくいくと思ってしまう。そして自分の努力などなくても成功すると勘違いするんだ。だけどビジネスが儲からなかった時には、辛い感情の矛先を教祖に向けるものだ。せっかくチャンスをあげてもそれではお互いにとって辛い結果になってしまう。人を信じることは大切だ。しかし、経営者ならばすべての責任は自分が引き受けることを忘れてはいけない」

たしかにその通りだ。このままうやむやにして話を進めたらどうだろう。もし整体院が儲からず報酬が少なかった場合、自分はこんなに頑張っているのにこれだけしか儲からないと不満に思うだろう。弓池を信じて報酬の割合を決めるのを任せたのに不公平なんじゃないかと恨んでしまうかもしれない。こういった報酬をめぐるトラブルはビジネスでは度々起こっていることだ。しかし、考えてみればそれも自分が作り出した結果にすぎない。結果に責任を取る経営者なのだから報酬や責任の範囲は事前に交渉すべきなのだ。

自分の未熟さにうなだれている卓也に弓池は微笑みながら言った。

「信者になる側の気持ちが分かっただろう」

その言葉にほっとする。

「はい、今の段階でそれが分かってよかったです」

2人の会話を聞いていた湯沢が言った。

「卓也君、すばらしい師匠を持っている君がうらやましいよ」

## 成功をよびこむ話し方

帰りの車の中で、卓也はぼうっと窓を見ていた。弓池が卓也に気がつき、声をかけた。

「なんとなく心が重いんですよね……」

「そうか、心が重いんだね。それはなぜ？」

「こんなこと言ったら怒られるかもしれないけれど、正直に言うと、実は整体っていう仕事が格好悪いなあと思ってしまうんです。自分でも考えのレベルが低いと思うんですが、それが心に引っかかるんです」

ハンドルを握りながら弓池は笑った。卓也も確かにそれがくだらないものだと思った。

でもなぜかその考えを捨て去ることができないのだ。

「反対車線を見てごらん」

夕方のこの時間、反対の第三京浜の高津インター出口は渋滞の時間だ。暗闇の中に1キロ以上も車の列が濁流のように通り過ぎていく。自分が渋滞に巻き込まれるのはごめんだが渋滞の反対車線を見るのは気分がいいものだ。

「たくさんの車がすれ違っていくけど、こっちを見ている人は何人いる？」

フェラーリといえども、反対車線を100キロで通り過ぎる車に気づく人は少ない。

「ほとんどいないようです」

「彼らはすれ違った車の持ち主について、その後もずっと気にするだろうか」

「すぐに気にしなくなるでしょうね」

「人生でもたくさんの人々と出会って別れてきただろう。どうしてみんなが君を気にかけていると思うんだい。通り過ぎる人からどう思われても怖いことはない。全然気にする必要なんてないんだ。怖がっているのは自分の中で作り出している怪物だ。子供が壁の染みを見て幽霊だと怖がるのと同じだよ。それを生み出しているのは必要のない自尊心だ。人からどう思われるかとかいうことは幸せとは関係ない。どうでもいいことだよ」

卓也は何か重い物で頭をガツンと叩かれたように感じた。

「人から格好いいと見られる職業に就きたいのならそれでもいいと思うよ。ところで君は格好いいけど成功しないのと格好悪いけど成功するのとではどちらがいいんだい？」

「もちろん、格好悪くても成功するほうです」

質問に答えて卓也は成功者の考え方が自分のものになるのを感じた。そうだ。格好悪くても成功するほうがいいんだ！　古い殻を破って新しい自分が生まれた気がした。そして自分が歩むべき道が分かった。

「成功することにプライドを持ちなさい。今の成功していない自分にしがみついていても前に進めないよ」

　今までは、成功していない自分にプライドを持っていた。これからは成功することにプライドを持つんだ！　そう決意するとなんだか急に心が軽くなった。もう周りの人にどう思われても関係ない。成功することにだけこだわればいいのだ。

「なんだか目が覚めました。成功することにプライドを持ちたいと思います」

「だめだめ。『成功することにプライドを持ちます』というんだ。『思う』や『したい』はやると決めたことには使わないこと。これからは未来のことを断定して言うようにするんだ。断定するとその通りになる。成功者の話し方をマスターしなさい」

「分かりました。そういえば『持ちたいと思います』ってダブルで使っていましたね。これから気をつけます」

「ついでに付け加えておくと、『しなくちゃいけない』とか『できない』、それから

『ついていない』なんていう言葉も失敗者の言葉だ。成功者の言葉に直すとどうなるかな」

「ええと、『します』『できます』『ついている』ですか」

「そう。成功するということは、成功する自分になることなんだ。その近道は成功者の考え方や行動を真似ること。もし、そうやってすべてを成功者と同じようにしたらどうなると思う？」

「考えも行動も成功者と同じになれば成功者になります」

成功する前から成功者になろう！　まずは成功者の言葉で話そうと決意した。そして、今の自分はなんと幸運なのだろう。すごい人のそばにいるのだとあらためて思った。間違いなく人生で最大のチャンスが訪れていることを感じていた。

## プラス思考とマイナス思考

高速のインターチェンジを降りると、しばらく黙っていた弓池がしゃべりだした。

「今ざっくりとさっきのビジネスの話の条件を考えてみたんだ。店を出すのは私。

初めは君にその店の経営を委託する形式が適当だろう。その報酬は利益の30%。そして初期投資額を回収し終えたら経営権を完全に譲渡しよう。その後は店舗賃貸料として家賃の倍額を支払ってくれ。店舗は借り主を変えるとまた保証金などがかかってしまうから、借りている名義は私にしておこう。だから家賃は私が払う。つまり私の利益は家賃と同額というわけだ。ただ、初期投資を回収し終わった後のことに関してはその時にまた相談しよう。回収し終えるのがどれくらいかかるか。またその時にどんな経営状態なのかは今のところ未知だからね」

忘れないようにメモにとった。とてもよい条件だと思った。非常にリスクが少なく自分の店が持てるのだから。中古車屋の時から自分の店を持つのはずっと憧れだった。

「じっくり考えてから結論をだしてくれ。それから、結論の前にこのビジネスについてもう一度よく考えること。必要なら何でも調べなさい。なにも私は無理強いしているわけじゃない。無謀な挑戦は無駄な努力になってしまうからなんだ。その場合、結果が失敗だと『やっぱりだめだったか』だし、たとえ成功しても『運がよかった』になるだけだ。それともうひとつ、考えがプラス思考に偏りすぎてはいけないということを言いたいんだ。君はどちらかというとプラス思考が強い人間だ。自分でもそう思うだろう？」

自分ではその意識はないけど、人からは楽観的だとよく言われる。初めての挑戦でも何とかなると考えるほうだ。でも弓池には何でそれが分かったのだろう？

「プラス思考に偏っていると問題点に気がつかないことがある。もちろんマイナス思考に偏ってもいけない。行動できなくなるし、起こりもしない問題に常に考えを巡らせていると、本当にそうした問題を引き寄せてしまうからね。プラスにもマイナスにも偏っていない一番バランスが取れた状態でいることがベストだ。この状態を中道という。いつも中道を保つことが難しければ、意識して両方になってみるといい。君の場合はポジティブに偏りすぎるわけだから、計画を立てた後には、一時的にネガティブになってそのプランを検証するんだ。必ずやる前から分かる問題があるはずだから、できるだけ早めにそれを見つけ出してしまうんだ。一番怖いのは、予想しなかった問題が起きる時だからね。もし起こりうる問題が予想できれば、あらかじめそれについて対策を立てることができる。そうすればもう、それは怖い問題ではなくなる」

「でもどこまで問題点を考えればいいんですか。なんか終わりがないような気がします」

「確かに子供と遊ぶのと同じくらいきりがないね。感覚的にしか言えないけど『後はやってみないと分からない』というところまでだね。うまくいきそうな方法を足しながら、うまくいかない要因を取り除いて、最後にかなりイケそうだけど後はやってみないと分からないというところまで来たらスパッと挑戦するんだよ」

家に帰ってから、弓池が提示した条件と問題点を考えてみた。条件に不満はなかった。次にいろいろなケースを考えてみる。赤字が続いた場合はどうなるのだろう。報酬はもらえないだろう。生活ができないと続けられない。そうした場合、店はどうなるのだろう。弓池に迷惑をかけるのではないか。これは聞いておかなければならない。

本当に始める前に確認するべきことは意外と多かった。それから、整体院というものについて全く無知だったので、調査もかねて近所の整体院を全部調べてみた。繁盛している整体院もあればそうでないところもあり、とても勉強になった。歩いて調べることの大切さを学んだ。

## 構えて、撃って、狙いを定める

数日後、また弓池の自宅を訪問した。

「問題点ではないかもしれませんが、赤字が続いた場合は報酬がないわけですよね。もし僕が続けられなくなったら店はどうするのですか」

弓池は少し考えてから言った。

「その場合はやはり閉鎖だろうね」

閉鎖。ビジネスである以上それは当然のことだった。明るい未来だけではなく、失敗という結果もありうるのだ。ふと弓池という成功者とビジネスをする中で〝成功への直行エレベーター〟に乗った気になっていた自分に気がついた。成功者の信者にならないというのは予想する以上に難しいもののようだ。自分よりも能力が高く経験のある人間に無意識のうちに頼ってしまう。卓也はすべての責任は自分にあるのだとあらためて自分に言い聞かせた。

「参考までに聞きたいのですが、弓池さんはこのビジネスが成功すると思いますか」

「どうだろうね。まあ成功の前例があるし、確率は高いと思うよ。でも君も分かっているようにビジネスに100%なんてありえない。私も立ち上げたビジネスは全部成功させたいけど、成功する確率は3つに1つ程度だからね」

（3つに1つ!?　そんなに低いのか）

「そうなんですか？　とっても意外ですね。弓池さんのようなレベルの方は百発百中なのかと思っていました」

「それは大きな勘違いだよ。人よりも数多くチャレンジしているだけだよ。一部の天才を除いて成功者はみんな『構えて、撃って、狙いを定める方式』さ。普通は『構えて、狙いを定めて、撃つ方式』だけど、ビジネスではそうじゃないんだ。まずはさっき言ったようにある程度プランを煮詰めたらスパッと実行してみる。そうしたら大体の流れがつかめるだろう。自分に何が足りなかったか、次はどこを改善すればうまくいくかを考えて、もう一度チャレンジする。そうやって何回か繰り返すうちにだんだん中心に近づいていくものだ。ビジネスを立ち上げるなんてことは学校では教えてくれないし、環境もどんどん変わる。だから以前に成功したビジネスのパターンが次も成功するとは限らない。誰にとっても未知の世界だ。いくら考えても結果を知ることはできない。『構えて、撃って、狙いを定める方式』は一見効率が悪いように見えるけど一番早く成功にたどり着く方法なんだ」

「それ、なんとなく分かります。僕も独立して自分でやって初めて分かったことってたくさんありましたから。でもやってみると全くだめってことはなくて結構なんとかなるものですよね。ただ僕の場合、その先に進めなかったんですけど。ところで僕はまだビジネスの話だけではそれがうまくいきそうかどうかよく分かりません。だんだん分かるようになるんでしょうか。確率って高まるんでしょうかね」

「成功する率はよくても3つに1つくらいと言ったろう? 最初の起業なら、その率はもっと低くなるかもしれない。でも逆に5つ挑戦して成功しなかった人とは会ったことがないね。その前に諦めてしまった人はたくさんいるだろうけど。だからビジネスは極端に言って数が勝負だね。もし途中でよくないと判断したら潔くスパッとやめること! いつまでも固執していてはいけない。次のチャンスを試すんだ。そうやっていくつもビジネスを立ち上げているとセンスが磨かれてきて、うまくいきそうかどうかが感覚で分かるようになるものだ」

今、自分は「後はやってみないと分からない」というところにまで来ていると感じた。もう「構え」はできている。まずは「撃って」みようと思った。もし外れても弾が当たった場所を見て少しずつ修正して「狙いを定めて」いけばいいのだ。ホームランではなくヒットを狙えばいい。野球では結果を出さないと次回のバッターボックスに立てないが、起業では自分が諦めなければ何度でも立てるのだ。スポーツでプロになるよりもずっと簡単なことじゃないか。

次の日、卓也は3か月間の整体師養成コースに申し込んだ。ついこの前まで自分が整体師になろうとは夢にも思わなかった。人生が動き出す時はたいてい急なのだ。

◎◎7◎◎

# 人生のすべては順調に進んでいる

## 従業員を雇う

開店まで4か月。卓也は整体師の短期養成コースに通いながら、店舗の準備も並行して進めていた。毎日が慌ただしかった。

弓池は基本的には口出しせず、卓也にすべてを任せた。ただし開店後の収支予想だけは提出するようにと指示された。それが開業してからの指標になるからだという。予想される売り上げと経費、利益を好調、順調、低調の3パターンで出した。

しかし、一番重要なのは、やはり店をどこに出すのかということだ。それによってその後の売り上げが大きく左右されるのは間違いない。

漠然と悩んでいたらいつまでたっても決められない。まず駅から絞り込むことにした。卓也が選んだのは土地勘のある地元の駅だった。10年ほど前に駅ができて、年々人口が増えている地域だ。

物件が決まってしまえばあとは早かった。湯沢から出店に必要な事項が書かれた簡単なマニュアルをもらっていたのでそれを参考にしながら準備を進めた。

また弓池が内装業者や知り合いの印刷屋などを紹介してくれた。それらのおかげで内装業者に連絡をしたり、看板を製作してもらったり、チラシの手配をしたりと準備は滞りなく進んだ。

養成コースが修了した後、そのまま院長として施術に当たるのはまだ不安だったので、養成スクールで紹介してもらった整体院で短期間だが修業することにした。修業先で働きながら開店の準備をするのはとても大変だった。平均して睡眠時間は5、6時間と少なかった。しかし、自分が選んだ道なので何の苦でもなかった。

毎日〝理想の1日〟と〝人生の目的〟を読み上げた。寝る前には〝夢リスト〟を見返した。夢はあの日以来どんどん付け加えられて40個にもなっていた。この作業のおかげで新しい挑戦への不安もあったがワクワクした気持ちに満たされた。

卓也にはもうひとつ重要な仕事があった。中古車の仕事を辞めるにあたっての、事業整理や顧客や取引先への連絡などである。そのような作業は、辛かった過去を清算するようで気が重かった。しかし、顧客の何人かから、卓也の引退を残念がる手紙や電話をもらうことなどもあり、少しうれしい気持ちになった。もし失敗してもまた中古車の仕事をすることもできそうだ。そう考えると、すこし気が楽になった。

整体院を開くにあたってパートスタッフを雇わなくてはならない。店舗探しの次に大切な仕事だ。求人広告を出すと、20人の応募があった。全員が女性だった。何人を採用するかもすべて卓也に任せられている。どれほどの売り上げになるか分からないので、最初は少なめに採用することにした。当面は2人くらいいれば店は回せそうだ。

面接をする段階で困ってしまった。今まで一度も人を雇ったことがなかったので、面接では何をどうやればいいか分からないのだ。自分が学生時代に面接を受けた時のことを思い出してみた。アルバイトの面接時にどんな質問をされただろう。思い出せたのは出勤できる曜日や時間帯についてきかれたことくらいだ。雇用者側はいったいどういう基準でどんな質問をして人選していたのだろう。

卓也はまず、どんな人に来てほしいかを考えてみた。明るい人、感じがいい人、接客がうまい人、この店を一緒に作ってくれる人といったところだろう。

開店までちょうど1週間となったその日、最初のパート希望者が来た。面接場所は内装工事が終わったばかりの整体院だ。備品はこれから届くので、店内には急いで用意した椅子2つしかない。面接されるほうも緊張しているに違いないが、もしかすると卓也の緊張はそれ以上だったかもしれない。

1人目は時間よりも5分早く来た。入ってきた途端に店が暗くなったようだ。話す前からこの人は雇えないと思った。第一印象は大切なのだ。

2人目は明るく感じがよかったが、勤務可能日が少なすぎた。最初は主力になるようなパートが欲しいので残念だが断った。

3人目は「岸田有子《きしだゆうこ》」という名前で、年齢は45歳。かすれた声なのはいつも大きな声で話すからだろう。とてもはきはきとしている。接客に向いているかもしれない。勤務可能日について尋ねると、子供はもう高校生なので手がかからないから週何日でも出勤できると言った。卓也は彼女をなんとか採用したいと思った。

「志望動機はなんですか」

「前の仕事を辞めたところで仕事を探していたんです。家から近くだったし、オープニングスタッフ募集と出ていたので応募しました」

「前の仕事はなぜ辞めたのですか」

「その職場の上司が嫌な人で耐えられなかったんです。社員は女性が多かったんですけど、その上司はみんなから嫌われていました。私が辞めたら一緒に女の子の半分くらいが辞めちゃいました」

卓也は同情した。自分の店なら楽しく働いてもらえるだろう。

「自分の性格を説明してください」

「私は明るくて、前向きです。楽天的なところがあります」

まさに接客にぴったりだ。採用できることを願いながら次の質問をした。

「どんな店にしたいですか」

「スタッフが工夫してお客さんが何度も来てくれそうな店にしたいです」

満点だ！　工夫しようという意気込みが気に入った。この人だ！　この人となら上手に付き合っていけそうだ。

有子は面接に慣れてくるとおしゃべりで押しが強かった。こちらが圧倒されるほどだ。その場で合格と言いたかったが、まだ何人もの面接が残っている。結果は後日連絡しますとだけ告げた。

全員の面接に2日間かかった。突出した印象だったのはやはり岸田有子だった。有子の他にはもう1名を採用した。勤務スケジュールに融通の利きそうな人を選んだ。彼女は30歳で石坂真理子《いしざかまりこ》という。細身で声が甲高く、語尾を延ばして話すのが特徴だ。子供を午前9時に保育園に送り届けた後は午後4時まで勤務できる。以前はデパートで売り子をしていた経験もあり、明るく接客に向いていそうだ。

開店前の3日間をスタッフの研修に充てた。スタッフの業務に関してのマニュアルが湯沢のところになかったので口頭で伝えた。修業期間に助手として働いた店で覚えたことが役立った。

いつの間にか石坂真理子のニックネームは「マリちゃん」になっていた。有子はリーダー的存在になって「有子さん」と呼ばれ、まるでドンのようである。卓也は密かに「ドン有子」と呼んだ。もちろんとても本人には言えないが。卓也の呼び方はお客さんが来ることを考えて「院長」と呼んでもらうことにした。嬉しくもあるがなんだかくすぐったかった。3人はなかなか楽しいチームになっていた。

3人でお客さんが来たという想定で練習もした。みなやる気が高まってきた。教えているとパートの2人から質問されることがたびたびあったが、卓也はきちんと答えられないことのほうが多かった。卓也も助手をしたとはいえ数週間のこと。素人と変わりない。会計や顧客管理などの業務の流れはほとんど決まっていなかった。レジの締め方を聞かれた時も卓也は答えられなかった。ドン有子に「院長しっかりしてね」と肩をたたかれる始末。笑いながらだったから嫌味はないが、年齢からしても卓也が低く見られているのは明らかだった。そんな状態に少々腹が立つことはあるのだが、有子のドンぶりには歯が立たなかった。それに比べるとマリちゃんは大人しく、覚えが悪いところはあるが、卓也の指示に従ってくれるので楽だった。

当初、パートの女性が不仲になられては困るなあと思っていたのだが、有子とマリちゃんは相性がいいようだった。

## 障害の中にこそチャンスがある

いよいよ開店の前日。前夜祭を行うことにした。前夜祭といっても関係者が集まり缶ビールで乾杯をする程度のささやかなものだ。それでも中古車業者の仲間や修業した整体院の先生などが駆けつけてくれて、ちょっとにぎやかになった。

弓池は美晴と一緒に来てくれた。

「よく短期間でここまでできたね」

備品も届き、すっかり店らしくなった店内を見て感心したようだった。準備は細かい点を言えばまだ完璧とはいえなかったが、なんとかなるだろう。自分でもここまでこぎつけたことは誇らしかった。

ちょっと遅れて湯沢もお祝いに駆けつけてくれた。湯沢は上半身が隠れてしまうほどの大きな花束を持ってきた。

「一番大きな花束を作ってくれと頼んだよ」

見るからに高価な花束だった。整体院に不釣り合いなほど華々しかったが、入り口に飾るといかにも新規開店という感じになった。

全員がそろったところで、缶ビールで乾杯をした。卓也が簡単に乾杯を済ませようとすると弓池がさえぎった。

「こういう場合、院長が挨拶をするものじゃないか」

スピーチの内容は何も考えていなかったので突然の指名にあたふたとしてしまった。

「ええと、本日はお集まりいただきありがとうございます。こんなチャンスをいただけて感謝しています。スタッフもよく頑張ってくれて、これだけ短期間で開店までこぎつけたのはみなさんのおかげです。恩をお返しするためにも、利益を出したいと思います」

「『出したいと思います』じゃなくて『出します』だろう」と弓池がつっこんだ。

「あ、そうです。絶対に利益を出します」

笑いの次に拍手が起こった。卓也は生まれて初めて自分の店を持ち、これから2人の部下を率いて運営をしていくのだと思うと感慨深かった。

有子は酒好きで、ビールを飲むとさんざん卓也をネタにした冗談を言ってみんなを笑わせた。ここにいる全員とはまだ出会ってそれほど長い付き合いではないが、まるで長年の知り合いのように楽しく過ごすことができた。卓也は高校の文化祭の前日を思い出した。あの時はみんながワクワクしていた。今いる人たちもみんな楽しそうだ。卓也は仲間に囲まれて嬉しかった。

チラシを撒く手配は整っていた。明日の朝刊で折り込みチラシが4万枚配られる予定だ。その1週間後にはタウン誌の広告枠にも出る。3万部が配られる。この数字は湯沢がアドバイスしてくれた。後はお客さんに卓也が整体の施術を行えばオーケーだ。

その夜は店に残って11時過ぎまでこまごまとした開店の準備をしていた。卓也の携帯電話が鳴った。弓池からだった。

「今日は大勢集まったね。いよいよ明日だね。どんな気分?」

「楽しみです。でもなんだかまだ準備が足りない気がします」

「完璧な準備なんて無理だからね。どのみち常に改善していくことになる。完成なんてありえないよ」

「それから不安もあります。本当にお客さんは来てくれるのかというのが一番の心配です」

「そういう不安はつきものだね。どういう結果が出ても改善していけばいいよ」

そうなのだ。ホームランではなくヒット。「構えて、撃って、狙いを定める方式」

でいけばいい。

弓池は最後に大切なことを教えてくれた。

「どんなことが起きようと、すべては順調に進んでいることを覚えておくんだ」

「それって失敗してもショックを受けるなということですか」

弓池は電話の向こうでいつものようにさわやかに笑った。

「まあそういうことだね。予想した収支の通りでなくてもショックを受ける必要はないということさ。確実じゃないものの中に可能性があるからね」

確実じゃないものの中に可能性がある？　理解できない卓也に説明を加えた。

「もしすべてが予想された通りにしかならなかったら、何の興奮もないだろう。予想しなかった展開の中にこそ新しい可能性が生まれるチャンスがあるんだ。たとえば、もし君が映画監督で観客の予想する結末しか作ってはいけないとしたら？　過去とはもう記憶済みになったものだ。過去は確実だが過去の中には可能性がない。確実なものしか受け入れないとしたら、あらゆる可能性の広がりを締め出してしまうことになる」

映画監督の話は理解できたが、今ひとつ飲み込みきれなかった。弓池もうまく伝えられなくてもどかしそうだった。

「結果への執着を捨てるということさ。目標や計画に縛られなくていいんだ。現在の中にだけチャンスがあるんだ。過去は記憶であり、未来は予想であり、現在とは気づきだ。だから目標や計画は予想であってそこにチャンスはない。目標や計画通りにいかない中にこそチャンスが眠っている。結果に執着していなければ気づきによって障害がチャンスに変わるんだ。大丈夫、いつか必ずそういう場面を経験するさ」

焦って理解しようとしてもしょうがない。卓也は「執着しない。目標や計画通りにいかない中にこそチャンスが眠っている」とだけノートに記した。

## すべては順調に進んでいる?

オープン当日、卓也は開店2時間前に出勤した。忙しくなるかもしれないので、2人のパートに出勤してもらった。開店直前に2人のパートと電話の受け答えの練習をした。電話がかかってきた時に、スムーズに予約が入れられなければならない。

2人は以前の仕事で電話受付をした経験があり、その研修も受けていた。そのせいか卓也よりもずっと電話の応対が上手だった。電話の応対は2人に任せるとしよう。

店を運営するのに必要な準備はほぼ整った。開店時間の午前9時が過ぎ、3人は今か今かと電話が鳴るのを待った。

初めて電話が鳴ったのはそれから30分後だった。全員が顔を見合わせた。電話は有子が取った。電話の応対はスムーズでとても上手だった。有子の話し振りから1時間後の予約が入ったのが分かる。受話器を置くと同時に有子が振り返り親指を立てる。みんなで小躍りして喜んだ。喜ぶ間にまた電話が鳴った。その場の全員が予想以上の反響を予感した。店内にお客さんがいっぱいになる風景を想像した。ところが、続けての電話はその2件だけで、結局その日は4件しかなかった。そのうち、当日来院したのは3名。数字としてはあきらかに少ない。

集計をする。売り上げはたったの1万500円だった。2人のパートの給料を計算すると、1万4400円だ。つまり人件費だけで赤字。弓池に日報をFAXで流すのがつらかった。

もし1か月の間ずっとこんな調子だったらどうなってしまうだろう。ざっと計算してみる。家賃と広告費を計算すると約80万円。1日4000円の赤字が1か月続くと12万円。合計92万円の赤字！　これに、初期投資にかかった費用も計上されるので、100万円以上の赤字になる。今日の疲れが何倍にもなった気がした。

弓池に電話で連絡を入れる。前向きな自分を演出したくて、がっかりした声にならないように気をつけた。自分の感じたことを一通り話す。話していると落ち着いてきた。弓池の話を思い出した。

「でもこれは順調ですね」と自分で言うと多少心が軽くなった。

「そうそう、順調、順調。これから何を学ぶかだよ」

「少しずつ狙いを定めて的に当たるようにしていきます。初日だし、これくらいのほうがかえって混乱せずによかったです」

案の定、その考え方を弓池は褒めてくれたが、少し無理をしている自分を感じた。弓池をがっかりさせることだけはしたくなかった。自分が無能な人間だと思われることだけは絶対に避けたかったのだ。

電話を切った後には多少気分はよくなっていた。明日があるさ。

店を閉めて外に出ると、アスファルトが濡れているにおいがした。どうやら少し雨が降ったようだ。空気が冷やされて涼しくなっていた。

翌日も客足はあまり変わらず、その週はずっと低空飛行をしている感じだった。

翌週のタウン誌に掲載された広告はなかなかよい反応があった。1日4、5人から電話があり、少しずつ予約ノートが埋まっていった。予約の空欄が埋まっていくと一時的な気休めにはなったが、それでも何か奇跡でも起きない限り、今月が赤字なのは確実だった。

その月が残り1週間となったあたりから、ストレスでなかなか眠れなくなった。夜中に胸が苦しくて起きてしまう日がたびたびあった。このような状態がずっと続くのではないかという不安に襲われた。

そして開店から1か月がたった。月の収支を集計すると30万円の赤字。予想していたよりはずっとその額は少なかったが、開店前の気勢はすっかり失せていた。

## 売り上げを増やす3つのポイント

毎月3日に前月の報告を兼ねて弓池とミーティングをすることになっていた。そして今日は初のミーティングだ。30分後に弓池が店に来てくれる。

卓也はパソコンで、書類をまとめていた。その時、自分がとても憂鬱な状態であることに気がついた。赤字の報告をしなければいけない。もしかしたら弓池は自分に任せたことを後悔するかもしれない。誰だって何百万円も投資した店がひと月目から赤字だなんてがっかりするに違いない。能力が低い人間だと思われるかもしれない。そのようなことを考えると、弓池に会うのが怖くなった。

しばらくして弓池が整体院にやってきた。相変わらずにこやかで柔らかな雰囲気だった。

「さあ、早速始めよう。記念すべき第1回目の経営ミーティングをね」

楽しそうな弓池とは対照的に、卓也は重い気持ちで弓池に収支計算書を渡す。受け取った弓池が驚いたように言った。

「すごいね。まるで本当の収支計算書みたいじゃないか」

褒めているのかけなしているのか分からない言い方になんとなく笑ってしまった。

「すみません。結局利益は出ませんでした」

卓也は弓池をそれとなく伺いながら言った。弓池は受け取った収支計算書に目を落とし、指でなぞりながら注意深く見ていた。一通りの数字を把握してから顔を上げたが、弓池は特に何も言わなかった。黙って卓也が次に何と言うかを待っている。

「30万円の赤字でした。予想よりも反応がよくありませんでした。でも実は思ったよりは悪くなかったです。もっと、そう赤字が100万円くらいになるんじゃないかって思っていましたから。後半盛り返してきているのは、タウン誌に載せている広告の反応がよかったからです」

「開店前に立てた収支予想はいくらだっけ？」

ファイルをめくり、開店前に立てた3つの収支予想のレジュメを探した。

「好調が80万円の黒字。順調が20万円の黒字。低調が30万円の赤字ですね」

「ということは予想通りだったということだね」

「あ、そうですね」と答えながら不思議な気分になった。低調といえどもこれは予想通りなのだ。道を逸れたと思っていたが、そうではなかったのだ。ほっとした。

「予想の範囲内だから先月はそれでいいだろう。勝負はこれからどう上げていくかだね」

「はい。今月は20万円の黒字を目標にしています」

「それはすごいね。2か月目でもう黒字か」

「あくまで目標なので。そのためにはもっと新規のお客さんに来てもらわないと。チラシとタウン誌だけではあまり効果がないようです。何か他の手立てを考えないと」

「何かいいアイディアはあるかい」

それを毎日考えていたが、現状を一気に好転させるような具体的なアイディアは何一つなかった。打つ手が分からない。それがもっとも自分を不安にさせるのだ。そしてやはり自分は経営者として失格なのではないかと感じていた。

「正直に言うとそれがないんです。むしろ、何度もチラシを撒いていくとだんだん反応が悪くなると思います」

「その通りだね。チラシの反応率というのはだんだん下がってくるものだからね」

「後は節約をすることでしょうか」

「節約でいくら減らせる？　節約には限度があるんじゃないかい」

確かに節約で経費がゼロになるわけではなかった。卓也は無意識に腕を組んで考え込んでしまった。

少し間を置いて弓池が言った。なんだか楽しそうだ。

「それじゃあヒントをあげよう。黒字がもっと増えるように、『売り上げのポイント』を教えてあげよう。聞きたい？」

「もちろんです！」

あまりに元気のいい返事に、２人で顔を見合わせて笑ってしまった。

卓也は「成幸のカニミソ」ノートを用意した。自分の店の成功がかかっているから、以前にも増して聞き逃すまいと真剣になる。

「いいかい、売り上げを増やすのには３つのポイントがあるんだ。それは何だと思う？」

「ポイントですか。ええと、たくさんのお客さんに来てもらうことだと思います。あとは何だろう？」

いろいろと考えたがそれ以上答えは出てこなかった。

「そう、１つ目はたくさんのお客さんに来てもらうこと。２つ目は１人が買う単価を増やすこと。３つ目はリピート率を上げることだ」

「ああ、言われてみれば確かにその通りですね」

「たくさんのお客さんが来て、そのお客さんがたくさんお金を払ってくれて、しかも何度も来てくれたらどうなるかな」

「たくさん売り上げが増えます」

「そうだね。売り上げはこの3つの掛け算だ。1つだけを考えてはいけない。新規のお客さんを増やすことばかりを考えても、あまり売り上げは増えない。それに新規のお客さんを増やすのはとても大変だ。それよりもどれも均等に工夫していったほうが楽に売り上げは増えるんだ」

今まで新規のお客さんを増やすことばかりに気をとられて、単価やリピート率のことは思いもしなかった。

「僕は新規のお客さんを増やすことばかり考えていました。整体の施術料が決まっているので、1人当たりの購入単価を増やすことなんて思いつきませんでした。リピートについても先のことだからと思って考えていませんでした」

「既成概念を壊して、ゼロから考えるようにするんだ。アイディアを殺しているのは既成概念だ。思い込みなんだ」

弓池の言葉に目から鱗が落ちる思いだった。卓也はノートに、

〈売り上げを増やすポイント〉
①たくさんのお客さんに来てもらう
②1人のお客さんが買う単価を増やす
③お客さんのリピート率を上げる

**売り上げ＝①×②×③**

と、メモした。

「それぞれのポイントごとに何ができるかを考えていけばきっと何かアイディアがでるだろう。さあ、あとは自分で考えられるかな」

「あ、はい、大丈夫だと思います」

とあたふたと答える。てっきり具体的な方法も教えてくれるのかと思っていた。

それを聞いて弓池が笑った。

「本当にできそうだと思っているのかい。『大丈夫だと思います』って言ったぞ」

「は、はい、大丈夫です」

考えは素直に言葉に表れるものだと驚いた。また、卓也は弓池が何度教えてもダメな奴だと思っているのではないかと恐れていた。弓池の方をちらりと見ると、ただにこやかにうなずいているだけだった。ほっとする。

## 間違いに気づいた自分を褒める

少し間をおいて弓池が唐突に言った。

「今日の君は元気がないね。本当はかなりストレスとか感じているんじゃないかい」

ドキッとした。思わず「大丈夫です」と言ってしまいそうになったが、最初に教えてもらった成功の原則である「素直さ」を思い出した。自分の今の正直な気持ちを伝えるように努力した。それでも完全にはそうできなかった。

「苦しいと感じる時があります。実は時々眠れない日があるんです。でも大丈夫です。プレッシャーには慣れていますから」

「私には君がプレッシャーに押しつぶされそうになっているように見えるよ」

弓池にはよく見えているに違いない。もう強がっても無駄だと思った。

「確かにプレッシャーは大きいです」

「その正体は分かっているかい」

「利益が出なかったからでしょうか」

「それもあるがそれは外部の原因だね。もっと大きな原因は君の中にある心のブロックだね」

弓池は静かに言った。

「おそらく自分を有能な人間だと証明しなくてはいけないというプレッシャーを自分に与えているんじゃないか」

心臓が大きく鼓動を打った。それが真実だという証拠だった。

「はい、確かにそう思っています」

「ただでさえ新しいビジネスに挑戦するのだから、プレッシャーはあるはずだ。その上、不要なプレッシャーを作り出してしまっては、先にストレスで参ってしまうよ」

その通りだと思った。先日、弓池と車で話した時に解決したはずだったが、人からどう思われるかをいまだに気にしてしまう自分が残っているのは確かだ。

「まだ君は他の人からどう思われているかを気にしているのだろう。それは人から良く思われたい、重要な人物だと思われたいという欲求の仕業だ。それは誰にでもある。それは今よりも良くなりたいという向上心や自己実現につながることもあるけれど、その思いが強すぎると、誰かの評価を絶えず気にしたり、他の誰かと自分を比べて自分の価値を決めたりという、失敗者のパターンに陥ってしまう」

今こそ自分の心のうちを正直に打ち明けたいと思った。

「僕はいつも他の人からどう思われているかが気になります。前に高速道路を走っている時にアドバイスしてもらったのに、まだそう思ってしまいます。正直、僕は役に立たない人間だと思われるのが怖いんです。弓池さんにそう思われるのが怖くてそれがプレッシャーになっていたと思います」

「私にどう思われてもいいじゃないか。それに私が君を役に立たないなんて思うことは決してないよ。君はすでに独立して何年もやってきたじゃないか。どうして私がそう考えると思うんだい」

「弓池さんがどうとかではなく、いつもなんとなくそう感じてしまうんです」

次の弓池の話は卓也の心の奥にある本質を指摘した言葉だった。

「人間は自分と同じ行動を相手もすると考えるものだからね。もしかして、君は心の中で人を『役立たず』だと思う傾向はないかい？　人を裏切る人は、人に裏切られることを恐れるんだ。人を見下す人は、人に見下されるのを恐れる。人を嫌いやすい人は、人に嫌われるのを恐れる。そうやって、自分に必要のないプレッシャーを与えてしまう。自分から人間関係をギクシャクさせたり、疎外感で苦しんだりするんだ」

すぐに自分に当てはまる場面がいくつも思い浮かんだ。

「そういえば僕は人を見下したりすることがあるかもしれません。いや、確かにあります」

自分の学歴コンプレックスを思い出した。自分の学歴は自慢できるものではない。自分よりも学歴の低い人に会うと安心する。その安心は優越感となって気分が良かった。その分、自分よりも学歴の高い人間に嫉妬した。見下されるのではないかと恐れた。そういえば弓池に出会った時も学歴が気になったことを思い出した。ずっと自分の価値を他人と比較して決めていたかもしれない。

そう思うと急に自己嫌悪感が襲ってきた。自分はなんてくだらない人間なんだろう。人を見下し、それでいて人から見下されることを恐れる。自分の程度の低さに呆れて悲しくなってきた。

「ああ、僕はなんてだめな人間なんだろう。もう自分が嫌になりました」

「自己嫌悪に陥ったようだね。それもやめるんだ。もう自分の間違いに気づいたのだから、いじめる必要はないだろう。いたずらをした子供が十分反省しているのに殴りつけるようなものだ。子供だったらぐれてしまうよ。大切なのは自分を許してあげるということ。間違いに気がついた自分を責めるのではなく、褒めてあげるんだ」

この会話で自分を長年苦しめていた正体がはっきりとわかった。それは自分の中にある他人に対する意地悪な思いだった。人を能力や経済力でランク付けをして、自分よりも上の者を羨みながら恐れ、自分よりも下の者を見下し安心する。だから、逆に自分が見下されるのではないかという恐れをいつも抱えていたのだ。自分の心の構造が見えてかなりショックだった。

「そうします。間違いに気がついた自分を褒めます」

それは人生の中で大きな気づきであり、解けなかった問題が解けた瞬間だった。
卓也は、落ち込んだ気分から急にすっきりした気分になった。

## 成功を受け入れられる自分になる

弓池は卓也の心の中で起きている会話がひと段落したころ、もっと高い視点からの話をしてくれた。

「前にも言ったけど、人生での出来事は起こるべくして起きている。そして予定通り順調に進んでいるだけだ。今、君が自分でストレスを作り出して眠れなくなったのも、実はそうなんだ。その出来事は君の成長にとって必要だった。心について学ぶ時期だったんだよ。ここでしっかりと学んで成長すれば二度と同じ壁はやってこないだろう」

「そうか。今回の出来事で自分の心について学んだと思います。いや、学びました。完全に自分のものにするにはもう少し時間がかかるかもしれませんが、でも苦しめていた正体は分かりました。もう大丈夫です」

「それは素晴らしいね。過去に起きた出来事も必要だから起こったし、これから起こることもすべて正しい道の上にある。どんなに不幸に感じる出来事でも、自分が越えられない壁は決してない。それは逆に言うと、少し努力すれば必ず越えられるようなものだということだ。もし避けて通ればまた何度も形を変えてやってくる。だが、努力してそれを乗り越え、その過程で十分学べば同じ壁はもう来ない。そしてその次には、もう少し高い壁が来て、その度に自分を成長させてくれる。そうやって自分が磨かれて高められていくんだ」

「〝ドラクエ〟みたいなものですね。魔物を倒すと経験値を得てレベルアップする」

それを聞いて弓池は笑った。

「君は本当に面白いね。そう、その結果、大きな収入や人々からの尊敬はご褒美としてもらえるんだ。言い方を換えると、成功するということは、成功することをやって手に入れるものではない。成功する自分になると受け取ることができるものなんだ」

成功とは、成功することをやることではない？

弓池はまた卓也が混乱しているのを見てもっと分かりやすい言葉を選んで説明し

た。

「簡単にいうと、多くの人は何か儲かるビジネスをすればそれで成功すると思っているんだ。そうやって『何をやるか』ということだけに集中しても成功は手に入らない。学びながら自分を〝成功するのにふさわしい人間〟にまで高めた時に成功は手に入るんだ」

「そうか、だいぶ分かってきました。そういえば前にも同じことを話してくれましたね。僕の場合を説明するとこうなりますか。よく思われたいという欲求を克服するために、ストレスを感じて苦しむという壁が来たわけですね。それを克服すれば成功する自分になってビジネスも成功する、と」

「そういうこと。君はやっぱり理解力があるね」

褒められて嬉しくなった。弓池はいつでも人のよい部分を見つけることができるのだった。

今までは、儲けることばかりにとらわれていた気がする。中古車屋を始めて5年間でどれくらい成長しただろうか。学んだことはどうやって上手に儲けるかということだけだった。

どうすれば騙されないか。

どうすれば相手に気づかれずに利益を乗せることができるか。

どうすれば購入を迷っている相手を踏み切らせることができるか。

こういった小手先のテクニックを覚えても、人生は決してよい方向に向かわなかった。むしろ騙されることや、嫌な思いをする回数が増えただけだった。成功する鍵はもっと他のところにあったのだ。それを心の奥底では分かっていた気がする。

そして、自分はそれを今日、手に入れた。鍵は成功する自分になることだったのだ。

「すべての出来事は、自分が引き寄せているんだ。自分を成長させるためにね。君が生まれてきた理由も、私が生まれてきた理由も本質的には同じだ。それは私たちが『本当の自分に気づき、よりよい自分を創造するために』生まれてきたんだ。この世界は私たちが本当の自分を示す舞台みたいなものだ。君はどの国に生まれるか、どの親の元に生まれるか、どんな身体的特徴を持って生まれるか、どんな環境で生まれるか、そのすべてを自分で選んで生まれてきたんだ。よりよい自分を創り出すために最適な環境を選んでね。出来事に偶然はない。それは自分が自分自身に与えた学ぶチャンスなんだ。どんなにひどい出来事も、うまくいっていない親子関係も、友人との争いも偶然のものではない。同じように喜びの体験や素晴らしい出会いも同様に人格を磨くために自分が与えた学ぶチャンスなんだよ。言ってみれば外部の環境は自分を映し出す鏡だ」

卓也は中古車屋で客に騙されて100万円を損した時のことを思い出していた。「持ち主は刑務所に入ってしまいました」という電話の声を今でもありありと思い出すことができる。忘れかけていた憎しみがこみ上げてきた。あれも鏡だというのだろうか。

「自分を映す鏡か。自分の周りにいる嫌な人は自分の嫌な部分を映し出しているということですか」

「そういうこと。やがて君も体験、学習、成長のサイクルを繰り返すうちに『環境は考えから生まれるものである』ということがはっきりと分かるだろう。心のあり方と出来事は完全に連動している。だから今ある現実は自分が作り出した結果なのだと分かる人は、人生が良いほう、楽しいほうに向かっていく。逆に環境が自分を作っているのだからどうしようもないと考えている人はずっと今のままだ。『むかつかせる奴らがいっぱいいるから俺はむかつくんだ』と思っている限り、ずっとそのような人たちが現れて、不快な思いをすることになる。『今の会社の給料が安いんだから俺は適当に働いている』と思っている限り、給料は安いままだ。

自分が原因であり、現実が結果だ。自分の心が環境に反映されるんだ。だから心のあり方に注意して、心の中に怠惰、嫉妬、卑屈、責任転嫁、恐れ、貪欲さなどを見つけたら改善していくことだ。人格を高めることによって、結果として環境は良いものに変わっていく。逆に、自分を環境の産物だと思い込んでいる限りは、その環境によって打ちのめされる」

「よく分かりました。だから『すべては順調だ』ということなんですね。どんなことも自分が呼び寄せた出来事で、自分を成長させる。確かにそう考えると人生ってすごいですね。出来事のすべてが貴重なんですね」

卓也は自分の周りの環境について考えをめぐらせた。最近、自分のあり方でどんどん変わっていくのを実感している。

「でも、ひとつ質問があります。なぜ最良なのか、どんな意味があるのかがどうしても分からない時があると思うんです。たとえば、酔っ払い運転の車にはねられて半身不随《はんしんふずい》になったような場合、『すべてが順調』とは決して言えないと思うのですが」

「出来事の意味はいつもすぐに分かるというわけではないんだ。君にも何年か前の不幸だと思っていた出来事がかえってよかったと後になってようやく理解できることがあるだろう。起こったことの本当の意味が分かるのはずっと先かもしれないし、死ぬ時かもしれない。そういうことは〝人生のなぞなぞボックス〟の中にあるものとして、無理に探る必要はないわけさ。何か自分にとって素晴らしい意味があるのだろう、くらいに思っておけばいい」

ミーティングが終わって弓池と別れた後、卓也は今日の弓池の話をもう一度頭の中で考えてみた。今回もとても有意義なミーティングだった。心のブロックが見つかって外れたのは素晴らしいことだった。今まで自分を苦しめてきた原因が分かってすがすがしい気分だ。

卓也は自分自身が人間として成長する必要性を感じていた。なぜなら、成功の鍵はそこにあると分かったからだ。

何より「人生で起こる問題は自分を成長させるために自分が課した試練である」

という考えがとても気に入った。これはずっと心に留めておこうと決めた。

両親や国といった生まれてくる環境を自分で選ぶという話はどうだろう。思い返せば、父のリストラのおかげで独立して経営者になる道を選んだわけだから、その泉家に生まれると決めたのは自分だったという気もした。独立してからとても苦しいことが多かったが、それが成長させるための最適な試練だから自分で成長する環境を選んだということになる。そのように思いを巡らせていくと、本当に自分は生まれる前からこの人生を選んだのではないかとすら思えた。ここまで考えた時、心の奥で静かな声が響いた。

「すべては順調に進んでいる」

その言葉は卓也の心を勇気で満たした。

## 自分の考え方を客観的に見てみる

次の日から売り上げの3つのポイントに焦点を絞って、あれこれとアイディアを練った。しかしこれという良いものは浮かばず、どれもなかなか形にならなかった。

やる前からどうせやっても無駄なのではと考えてしまうのだ。失敗ばかりが思い浮かんで動けなくなっていた。ふと自分がマイナス思考に陥っているのを感じた。完璧なアイディアでないといけないという思いに囚われていた。こういうのを完璧主義というのだろう。完璧主義はプラス思考のようだが実は失敗してはいけないというマイナス思考だ。「ホームランよりもヒット」の話を思い出して、悪くないものは実行してみようと思った。

卓也はこういうことに自然と気がつくようになったことに驚いた。こうして自分の考え方を観察することが、自分の考え方を高めるコツだということに気がついた。すべては弓池と出会って刺激を受けたからだろう。

初めにしたことは営業日の変更だった。毎週日曜日を休みにしていたのだが休みはなしにした。営業する日を多くすればその分売り上げは増えるだろう。休みがないのは辛いがしばらくは我慢だ。

節約は積極的な売り上げアップにつながる方策ではない。そうと分かっていたがやらないよりはましだろう。現状で削れるものといったら人件費と広告費だ。広告費を削ると新規のお客の数に悪影響が出そうだったので、パートの人件費を削ろうと考えた。まず、予約時にお客さんの来る時間帯を午前中に集中させた。そして午後になって予約が入っていない日はできるだけパートを先に帰らせるようにした。自分ひとりがいれば十分だからだ。月初めに組んだ勤務シフトとは違ってしまったが、ドン有子もマリちゃんも事情を察して文句は言わなかった。

午後は予約なしで来るお客さんをひとりで相手にした。空いた時間には集客に関する本を何冊か読んだ。面白そうなチラシの書き方が載っていた。次回に撒くチラシには是非使ってみよう。

毎日営業が終わるとくたくたに疲れたが、売り上げはそれほど増えなかった。

ふとした時、中古車ブローカーを続けていたほうがよかったかもしれないとか、お金が減っていく不安が頭をかすめることもあった。しかし、意識して「順調だ」と思い込むことにした。でもなぜ「順調」なのだろう。アイディアを生み出す力を身につけるためだろうか。それとももっと自分の内面を高めるための何かを学ぶためだろうか。これは今のところは、人生のなぞなぞボックスに入れておこう。いずれ意味が分かるはずだ。

整体院を経営していく上で、卓也を大いにイラつかせることがあった。それは自分が「どうしたら売り上げが伸びるだろうか」と一生懸命考えているのに、パートの2人はまったく気にしていないということだった。何かアイディアを出してほしいと言っても反応がなかった。明らかに温度差があるのだ。

マリちゃんが何回か同じミスをした。予約を重ねて入れてしまったのだ。そうするとお客さんを無駄に待たせることになる。ただでさえお客さんが少ないのだから悪い印象をもたれるのは避けたい。イライラが募っていたこともあり「何度も言ったのになんで同じミスをするんですか」とついつい厳しく咎《とが》めた。その後、施術室の向こうで、あんなに厳しく言うことはないのにねと慰めているドン有子の声が聞こえた。言葉にならない怒りが腹の底に溜まっていく。

暇な時間、彼女たちはおしゃべりをしていた。それを見ていると一層イライラした。また、自分のことを悪く言っているのかもしれない。そう思うと仕事を指示する言葉に棘を含んでしまう。

整体院の中はすっかり険悪な雰囲気になっていた。

## 1人当たりの単価を上げるアイディア

開業から2か月が過ぎた。時間のたつのが早いと感じる。その月は20万円の赤字だった。先月から10万円赤字が減ったが、それは節約したパートの人件費の分だった。がっかりしたことに営業日を週7日にした効果はまったく出なかった。数えてみるとお客さんの総数は増えていなかった。つまり、日曜日に来たのは平日に来るはずだったお客さんだったのだ。努力はすべて無駄だった。

そして今日は弓池との2回目のミーティングだ。先月と同じで整体院にまで来てくれたのだが、会うのはやはり気が重かった。赤字から脱却できないという事実。それは店を任されている以上、気にせずにはいられなかった。しかし、「役立たずだと思われたらどうしよう」という恐怖はなくなっていた。その点では自分で進歩を感じた。

待合室のソファーに腰をかけてミーティングが始まった。

「すみません。また赤字でした」と言ってレジュメを渡す。

「先月よりも10万円ほど赤字が減っています。パートの2人には予約が入っていない日には早く帰ってもらうようにして、人件費を減らしました。広告費を削ることもできますが、そうすると新規が減ってしまう危険があるのでそれはしませんでした」

「そう。人件費を減らしただけで先月に比べて10万円も利益が増えたんだね」

「まあそうですね。もう節約は難しいと思います」

弓池は行き詰った様子を感じたのか、助け舟を出してくれた。

「では、一緒に考えてみようか。『1人当たりの単価』を上げるために何かできるかな。今、チケットがあるんだよね」

「はい5枚つづりのチケットがあります」

「じゃあ、10枚つづりを作ってみたらどうだい」

「あ、そうか、売れるかもしれません」

「あとは、何か売れそうなものがあるだろう。セット販売にするといいかもね」

「整体に使う道具があります」

「じゃあ、それを『整体セット』とか名前をつけて売ってみたら」

「それ、いいですね」

弓池から堰《せき》を切ったようにアイディアがどんどん出てきた。とても心強い。

「それから、待合室で待つ時間がもったいないね。よくラーメン屋にあるようなこだわりとか、ストーリーとかを紙に書いて貼ったらどうだい。何かこの整体院をもっと好きになってくれるような仕掛けだね」

どうしてこの人はこんなアイディアがポンポンと出てくるのだろう。アイディアの玉手箱のようだと思った。弓池のクリエイティブな雰囲気に刺激されて卓也もいくつかアイディアが出てきた。早速試そう。こうした、創造性の高い話し合いは楽しかった。

気がつけばあっという間に2時間以上が過ぎていた。

帰り際に弓池が尋ねた。

「ところで、今月の目標を聞いていなかったな。どうする」

「次こそ30万円の黒字を目指します」

家に帰って、弓池にもらったヒントを元にしてアイディアをあれこれと考えていた。そして弓池の過去の話を思い出すと体の芯からやる気が出てきた。明日からの1か月が楽しみになった。

## 客の価値観を変えてリピート率を上げる

開店から3か月目に入った。

卓也は精力的にアイディアを実行に移していった。

その効果は半月が過ぎたあたりから出始め、店の売り上げは徐々に増えてきた。もしこのまま順調にいけば、次の弓池との打ち合わせまでには、5万円の赤字に収まる計算だ。ひょっとすると黒字にできるかもしれない。そう考えると強くやる気が起きた。しかし、利益が出ていないという現状では卓也の報酬はゼロ。交通費は自腹だから生活はじわじわと苦しくなった。

家に帰るといつものようにディアが大歓迎をしてくれた。ディアに会うといつもほっとする。

その日の夕食の時、母親が言いにくそうに切り出した。

「少しでも家にお金は入れられないかな」

卓也は家の経済状態をすぐに察した。2か月前にとりあえずの父の仕事は見つかった。昔の会社の取引先がパートとして雇ってくれたのだ。しかしその収入だけではやっていけず、泉家は母親のパートの収入でなんとかやりくりしているという状態だった。社会人の息子として家にお金を入れるのは当然だった。

「もう少し待ってくれないかな。もうすぐ利益が出そうだから」

「そう。実は今、わが家の家計が苦しくてね……」

家にお金を入れろとは今まで一度も催促《さいそく》されたことがなかった。母親なりにできるだけプレッシャーはかけないように言ったのだろう。しかし、卓也は家を何とかしなければいけないという重責を急に感じた。父はもうすぐ60歳。年齢的に今よりも条件のよい職に就くことは無理だろう。独立して何かを始めるといっても、25年間もサラリーマン一筋で生きてきた人間にその才能を期待するほうが難しい。泉家がどうなるかは卓也のビジネス次第なのだ。

その夜はベッドに入ってから自分の責任について深く考えた。頭の中で家の現状とビジネスのはっきりしない見通しがぐるぐると回る。将来の不安で胸が苦しい。久々に明け方まで寝つけなかった。

次の日の朝、財布を開くと現金がほとんどないことに気づき、出勤する前に銀行に引き出しに行った。キャッシュディスペンサーの画面に表示された数字を見たとき、足元がぐらぐらと揺れた気がした。口座の残高が10万円を切っていた。中古車屋で貯めたお金が気づかないうちに底を尽きかけていたのだ。食費を引くと、来月は電車で通うこともできない。

どうしよう。今まで眠っていた不安が急に襲ってきた。ビジネスの才能がないために、このまま貧困が続くのではないかという考えが浮かんできてしまう。ふと、卓也は今自分が試されているのだと感じた。「成長させるために試練を引き寄せているんだ」そう考えると気分が落ち着いて前向きになれた。路上生活者と一緒に過ごした夜を思い出してみる。大丈夫、どうなったって生きていける。自分ひとりに関して言えば気軽だ。独身でよかった。もし結婚して子供でもいたらこのプレッシャーは何倍にもなっていただろう。

しかし、弓池のことを考えると楽観的にはなれない。500万円もの投資をしているので、赤字が続くのは気が気でないはずだ。自分に投資し、店を任せたのは失敗だったと思っているかもしれない。以前に消したはずのそんな思いも頭をもたげてくる。ミーティングでの教えを思い出し、そんな自分を許そうと努力した。許そうとする自分を褒めてみた。実際にやってみるとそれは全く新しい思考経験だった。

店についてからパートが来るまでの間、今後のことを考えた。いずれにしても、出費を減らさなければ。食費をもっと減らそう。今までお昼に買っていたコンビニ弁当をやめ、スーパーでカップラーメンを箱ごと買いだめして店に置いた。交通費もできるだけ抑えたい。自転車で通うことも考えたが、距離が遠すぎた。一番いいのは通わないことだ。その日からできる限り整体院に泊まることにした。運のいいことに季節は夏だったので、入浴はパートが帰った後に給湯室で桶に水を汲んで体を流せばいい。そうすると1日200円で過ごせる計算だ。ディアの面倒は無理を言って母親にお願いした。ディアには会いたかったが、黒字になるまでの少しの辛抱だ。

売り上げを伸ばす3つのポイントのうち、いまだに取り組んでいないのはリピート率の向上についてだった。どうしたら、何度も来てくれるだろうか。現状を考えてみた。

「腰が痛い」「首が痛い」などの痛みの治療のためにお客さんは来院していた。その苦痛を取ることが仕事だった。だから今までは「何回か通っていただければ治りますから、それまではがんばって通ってください」と言っていた。患者さんは痛みが続く間は通うのだが、当然、治ったら来なくなってしまう。リピート率を上げるには、治った後も通ってもらうことが必要だ。それにはお客さんの価値観を変える必要がある。お客さんの価値観を変えるには、自分たち働く側の常識を変えなくてはならない。

そんなことを考えながら、ふとこれは車の定期点検に似ているなと思った。実は車が故障する前にメンテナンスするというのは、自動車のディーラーが意図的に作った価値観なのだ。ずっと昔は、車が故障してから整備工場に持っていくのが普通だったはずだ。整体も、車の定期点検のような考え方を取り入れられないだろうか。つまり、〝予防〟という観点で痛みが治ってからも来てもらうようにするのだ。体に異常を感じたり、痛くなったりしてから整体に通うのではなく、健康を維持するために通う。実際、痛みが出てからでは治るのに時間がかかる。骨の歪みが小さなうちに矯正したほうが、こちらの労力は少なくてすむし、何より患者さんのためにもなる。

卓也は、自らのアイディアに興奮して、無意識のうちに歩き回って考えていた。

このアイディアは絶対にうまくいく。

お客さんに伝える前に、スタッフにこの新しい価値観を浸透させなければならない。自分の考えを変えるのは簡単だが、スタッフに染み込んだ考えを変えるのは難しいだろう。

最近、パートの2人との関係がうまくいかなくなっている。有子の態度は前々から気にさわることが多かった。彼女は社交的で、年齢や地位に関係なく人をからかうのが好きだった。彼女がいると確かにムードは明るくなった。しかし、だんだんと年下の卓也を小ばかにしているような態度が目につくようになった。卓也は我慢がならなくてそれに反発するように横柄《おうへい》な態度になってしまうのだった。

もうひとりのパートのマリちゃんの態度も気になる。以前とは違って、卓也の指示を素直に聞かないことが多くなってきた。彼女は有子と仲がいい。影響されているのは明らかだった。シフトをずらして一緒にならないようにしていたが、それでも2人は顔をあわせるとおしゃべりをした。卓也は時々それを注意しなければならなくなった。プレッシャーがイライラを倍増させていた。

## 解雇します

今日は2人のパートが朝からシフトに入っていた。早速、朝のミーティングで発表した。案の定、不服そうだったのは年長の有子だった。あからさまに嫌悪感を顔に出したのを見て、卓也に怒りが湧き起こった。

「有子さん、何か不服そうだけど」

「私はお客さんを騙すようで嫌です」

「騙すのではなく、予防してあげるんだ。お客さんのためにもなる。なぜ分からないんですか！」

しかし有子は聞く耳を持たなかった。その日、ずっと有子は卓也に反抗的だった。卓也の腹の中はぐつぐつと煮えくりかえっていた。

夕方、腰痛が治ったお客さんがレジで会計をしている時に卓也は言った。

「痛みが治ってよかったですね。でも、生活しているとどうしても背骨が歪んだりしてきますから、これからも2週間に1回か3週間に1回のペースでこちらに通ってください」

その横で有子が眉間にしわを寄せ、ぶ然とした表情をした。それを見た瞬間、卓也の怒りは頂点に達した。

(自分は店を黒字にするためにこんなに頑張っているのに、なぜ協力してくれないんだ!)

お客さんが帰った後、有子にきつく詰め寄った。

「どういうつもりなんですか!」

「だって、今までのお客さんには、もう来ないでいいですよって言っていたのに、急にこれからも通いなさいなんていうのはおかしいですよ」

有子と感情的な討論をしていると、険悪な雰囲気を察してマリちゃんも近寄ってきた。彼女は有子のそばに立ち、有子を支持していることを態度で示した。その様子を見て、さらに怒りが増幅した。

「店は赤字なんです。悠長なことは言っていられません。それに、お客さんのためにもなるんですよ!」

「じゃあ、なんで最初からそうしてなかったんですか。赤字だから無理に通わせるんでしょう」

マリちゃんも有子の意見にうなずいて賛同している。怒りのあまり、考えが言葉にならなかった。今までこんなに頭に来たことはない。パートと経営者の意識の違いを身にしみて感じた。経営者は利益が出なければ収入さえ取れないが、パートや社員には所詮《しょせん》責任がないのだ。

（こんなやつらクビにしてやる！）

「それでは、あなたたち2人を解雇します」

反発を覚悟したが、2人の反応はあっけなかった。

「はい分かりました。では解雇通知を出してください」

確かに、そういう書類を書くものだろうと思った。初めての経験だったが、A4のコピー用紙に手書きで解雇通知を書いた。有子はその書き方を知っているようで、「そこに名前が必要です」などと卓也に指示した。店にいてもらっても気分が悪いので、午前中だけで帰ってもらった。

ひとりになった卓也は悶々《もんもん》としていた。これほど頭にきたのは今までなかったことだ。でもこれで2人の疫病神が消えていなくなった。非協力的な人材にはいてもらわないほうがいいのだ。パートはまた雇えばいい。そう考えると少しは気が楽になった。

1時間後、有子から電話がかかってきた。恐ろしいほど感情的な口調で早口にまくしたてた。

「不当解雇です。私たちの1か月分の給料を支払ってください。それから、今まで働いていた残業代も要求します。これは労働基準法に書いてあります」

有子からの思いがけない要求に卓也は混乱した。そして彼女の口から出た金額を聞いて目の前が真っ暗になった。1人14万円。2人で28万円。さらに残業代を計算すると合計で85万円。そんな大金、払えるわけがない。

なんて理不尽な要求なのだ。せっかく黒字になりそうだったのに、一気に赤字になってしまう。

「これを承諾してください。これから店に行きます」

すごい剣幕だった。

「すぐには判断できないので、調べてから電話をかけなおすから」

そう言うのが精一杯だった。

8

# 許しの学び

## 解雇の代償

電話を切ると、卓也は呆然《ぼうぜん》として何も考えられなくなった。頭の中で感情的な会話が繰り返された。

（なぜ、こんなことになってしまったのだろう）

（ひどいやつらだ。あんなやつらを雇ったのが間違いだった！）

（85万円なんて！　そんなお金はどこにもないよ。絶対に払うもんか！）

今月はやっと黒字に向かっていた。せっかくの努力がすべてパーになりかけているのだ。彼女らの要求は理不尽だが、その原因は自分にもある。有子との電話での会話を考えていると、ますます頭にきた。ただ労働基準法という言葉が気になった。弓池に連絡しなくては。でもどう言おうか。怒られるかもしれない。信頼を損なうかもしれない。見放されるかもしれない。そう考えると怖くなった。できれば知られたくなかった。しかし、この事件ばかりは隠すわけにはいかない。頭の中で事の経緯を整理してから、怒られるのを覚悟で重い受話器を取った。

「……卓也です。実は面倒なことになってしまって」

弓池に何を言われるんだろうかとドキドキしながら、感情的にならずにできるだけ客観的な事実だけを話すように努力した。

これに対して、弓池の反応は予想外のものだった。

「それは大変だったね。ドラマみたいだね」

と笑って言ったのだ。肩の力が一気に抜けた。

「参りました。絶対に払いたくありません。というか払えないんですが」

「払いたくないのは私も同じだけれど、それは無理そうだね。確か法律で決まっていたはずだからね」

そんなこと教えてくれなかったじゃないですかという言葉が喉元《のどもと》まで出かかった

が、ぐっとこらえた。弓池のせいだというのは見当違いの八つ当たりでしかない。自分は経営者なのだ。知らない責任は自分にある。

「ところで彼女たち、解雇されたという事実は証明できるの」

「言われて解雇通知を書いてしまいました」

「そうか、彼女たちなかなかやるね。きっと以前に同じように請求した経験があるんだろうね」

「そうかもしれません」

労働基準局に電話をして、本当にその金額を支払う義務があるのか確かめることになった。

「今日は店が終わったらうちにおいで。今後のことを話し合おう」

電話を切ってから労働基準局に問い合わせた。卓也は係の人の言葉を聞き、絶望的な気持ちになった。請求されたお金は払わなければならないし、その額も1円も安くならないとのことだった。85万円は正確に計算された金額だったのだ。

自分はとんでもない出来事を引き起こしてしまったのだ。せっかく黒字になりかけていたのに、利益は一瞬で吹き飛んでしまった。

その日は仕事がまったく手につかなかった。このひどい状況をもたらしたのはやつら2人なのだと思うと、憎くて仕方がなかった。請求された金額もしっかりと冷静に計算されたもののようだ。2人が確信犯のように思えて腹立たしかった。そして同時に、彼女らを雇った自分の責任も感じて、自分を責めたのだった。

今すぐに逃げてどこかに行きたい気持ちになった。しかし、心の奥でこの状況を投げ出したら、弓池が言うように、またきっと形を変えて同じ問題がやってくるに違いない。しかし「これは何を学ぶために自分が引き寄せた問題なのか」と冷静に考えることはとてもできなかった。

## ありのままの自分を許す

その夜、弓池の家を訪問した。普段と同じように歓迎してくれた。この人は機嫌が悪くなったり、落ち込んだりすることはないのだろうか。どんな出来事も常に落ち着いて楽しんでいるようだ。人間離れした世界に住んでいるとしか思えない。いつものように美晴が出してくれたハーブティーを飲みながら、卓也のほうをにこやかに見つめている。

「僕は自分が情けないです」

「どうして？」

「だって、せっかくの利益をつまらないミスで台無しにしてしまいました」

卓也はふさわしくない2人のパートを雇ってしまったこと、面接時には良い人材だと思った自分と、人間関係を途中で改善できなかったことに対して、怒りと後悔が入り混じった黒い感情に支配されていた。

「原因はなんだろうね」

「もちろん2人のパートですが、そのパートを雇ったのは僕です。ああ、僕はなんてダメなやつなんだ。経営者として人の上に立つ能力が足りないんです」

結局のところ、この結果を招いたのはすべて自分だった。弓池に対する申し訳ない気持ちが強烈にこみ上げてきた。怒りと自己嫌悪で弓池の目を見ることができなかった。

「またまた、君はどうしてそんなに自分をいじめるんだい。最善を尽くしたけれど、うまくいかなかったことなんて誰にでもあることじゃないか。そういうダメな自分も自分なんだと受け入れてあげるんだ。確かに途中で改善するチャンスもあっただろう。人選に失敗したのかもしれない。でも人の見極めは経験が必要だ。訓練すればいずれできるようになるさ」

しかし、パニックになっている卓也の心に弓池のアドバイスは届いていなかった。今まで人に騙されたことはあったが、部下といった近い関係の人間と大きなトラブルを起こしたことはなかった。身近な人間に裏切られたという思いと、弓池の期待に沿えなかったという情けなさが卓也の心をすっかり混乱させてしまった。

「弓池さんごめんなさい。やっぱり僕には成功する素質がないようです。有能な振りをしている無能な人間なんです」

卓也の心は自己嫌悪の深い沼にはまり込んでいた。簡単な慰めの言葉はもう役に立たない。そんな卓也の気持ちを察してか、弓池は目先を変えた質問を投げかけた。

「卓也君、今の君にとって重要なことはなんだか分かるかい」

そう質問されて、やっと卓也の思考は深い沼からはい出し、答えを探し始めた。

卓也は力なく顔を上げた。その顔からいつもの明るさはすっかり吹き消され、弱々しく悲愴《ひそう》だった。

「なんでしょうか。分かりません」

弓池には卓也の気持ちが痛いほど分かった。まるで昔の自分を見ているようだった。卓也は昔の自分と同じ成長の道を歩んでいるのだ。今は最も苦しく、最も重要な学びの経験の中にいるのだ。

「君にとって重要なことは、『許し』を学ぶことだ」

弓池の声は温かさと思いやりそのものだった。卓也の学びを手伝いたいという気持ちがあふれていた。

「君が理解しているように今回の事件の原因は君にある。パートを面接して雇ったのは君だからね。でもそれが理解できることは素晴らしいことなんだ。つまり、問題の原因が自分にあったと分かる人間はそんなに多くない。ほとんどの人は自分以外の誰かに責任を負わせて問題から逃げてしまう。それが楽に思えるからね。そして同じレベルにとどまってしまう。しかし、君は逃げずにその責任を負う勇気を持っている。私は君のような勇気のある起業家と出会えてとても嬉しいよ」

それは愛に満ちた言葉だった。弓池はこんな自分も受け入れてくれているのだ。卓也の胸に熱いものが込み上げてきた。心の中の最も乾いていた部分が豊かな水で潤されていくのを感じた。自然と涙があふれてくる。

「前に話したことを覚えているかい。問題の原因を理解したら次は許すんだ。ミスを犯してしまった自分を責め続けてはいけない。もう自分を許してあげようじゃないか。自分を許せる人間は他人を許せる。ミスをしてしまうような自分を受け入れることが、他人を受け入れることにもなるんだよ。それが愛するということだ」

自分は完全に許されていると感じた。卓也の心は弓池の愛に共鳴していた。数日前にも同じことを教えられたばかりだったが、今それは心の底まで染み込んできた。弓池の愛につつまれているのを感じた。

思えば卓也はうまくできない自分自身を拒否し続けてきた。人に比べてうまくできない時は自分を嫌悪した。他人に劣っている自分が許せなかった。それは相手への怒りや憎むことにつながっていた。弓池の言葉はそうした卓也の心の表面を覆う虚栄心や恐怖心などの幾層にもなった殻を突き抜け、無垢《むく》で強い魂を震わせた。

弓池の声はさらにトーンが低く、深く優しい確信をもったものになっていた。

「今こそ愛に満ちた心がどれほど力強いかを知る時だ。君は自分を十分には愛していなかった。愛が足りない心は弱々しい。とても他人を許す力はない。君はその弱さを隠すために心に虚栄心の殻を作って固めていたんだ。本当の自分を知られるのを恐れながら、周りの人から優れた人物、重要な人物だと思われるような自分を作り上げていた。でもそれは自分の心をどんどん苦しめるだけだっただろう？　飾り立てれば飾り立てるほど、心は孤独になり満たされなくなっていくものだ。君の心が本当に必要だったのは、自分をよりよく見せようと鞭打《むち》つことではない。ありのままの自分を許すことだよ。無条件に存在を認め、自分を愛することだったんだ」

弓池の言葉を聞きながら自然と涙が後から後からあふれてきた。その涙は悲しさからくるものではなく、辛さや虚しさからでもなかった。卓也の魂が震えているのだ。本当に求めていたものに出会ったシグナルだった。

突然、卓也の中にすべてに対する感謝の気持ちが湧き上がった。

身をもって生き方を教えてくれた父。

深い愛情で育ててくれた母。

未熟な自分にチャンスを与えて見守り続けてくれる弓池。

人生に関わったすべての人。

そして自分という存在。

なんという幸せな人生なのだろう。

「君は人生で最も大切なものを学んだね。おめでとう」

弓池はそういって手を差し出した。卓也は涙でぐっしょりになった手を服で拭いてからその手を握り返した。すっかり気分は良くなっていた。生まれ変わったような気持ちだった。

「さあ、夕食を食べよう」

2階の子供部屋で遊んでいた2人の男の子も一緒に食卓に着き、ダイニングはとてもにぎやかだった。わが子を見る弓池の眼差しはとても温かく心から幸せそうだった。

美晴の手によって夕食が並べられた。半熟の卵が広げられたオムライスにはデミグラスソースがかけられている。それにシーザーサラダが添えられた。胃がきゅーとなって空腹を思い出させた。

「美晴の自慢の一品なんだ」

「お腹がすいたでしょう。召し上がれ」

「いただきます!」

こんなに美味しいオムライスは食べたことがなかった。

みんなはまるで卓也のことを家族の一員のように扱ってくれている。卓也は幸せな気持ちになった。それは卓也にとって理想の家庭だった。こんな家庭を持てたら、どんなに幸せだろうか。

## 何をやるかよりも誰とやるかのほうが重要

結局85万円は弓池が赤字補填《ほてん》として出してくれることになった。お金を支払うとパートの2人はそれ以上文句を言うことはなかった。ミスをフォローし、温かく見守ってくれる弓池に感謝で胸がいっぱいになった。早く黒字にして、弓池に恩返しをしたい。

この事件のおかげで今月は大赤字になってしまった。

しかし、気分が落ち込むことはなかった。卓也の心は台風が過ぎ去った後のようにすっきりと晴れ渡っていた。経営の問題はすべてクリアになったわけではないが、どんな問題であっても受け入れる心のゆとりができた。

辞めたパートの代わりを早急に入れなければならない。求人広告を出すと、前回よりも多い30人弱の応募があった。全員を面接するわけにもいかないので、電話で勤務条件を聞き、その中から15人に絞った。今度は否が応でも慎重に決めたい。面接を始める前に人事について弓池のところに相談しに行った。

「そうか、人の選び方か。重要なポイントだね。もう人事で同じ失敗はしたくないというわけだね。学んでいるじゃないか。偉いぞ。ところで前回に採用する時にはどういう人を欲しいと思ったんだい」

「まず、ずっと店に出られる人。それから性格が明るいとか、接客なので感じがいい人。あとは一緒に店を作ってくれる人です」

「なるほど。それで実際に面接の時にはどういう質問をしたの？」

「ええと、『出勤できる日は』とか、『自分の性格を説明してください』とか『どんな店にしたいですか』とか。そんな感じですね」

弓池は問題が分かったというように大きくうなずいた。

「そうか。面接の仕方に問題があったようだね。どこに問題があったか分かるかい」

「さあ」

自分ではさっぱり分からなかった。

「ビジネスで大切なのはパートナーだ。何をやるかよりも誰とやるかのほうがずっと重要なんだ。だから人の選び方はとても重要だ」

貴重なレクチャーが始まる。卓也はノートをとる準備をした。

「いいかい。スタッフを雇う時、軽い気持ちで選んではいけない。なんといっても君の代わりにお客さんに接する人だからね。適切な人を選べば君の仕事は軽減され、しかも自分でやるよりもうまくやってくれる。もし失敗すれば、君の足手まといになるだけでなく、店の経営に打撃を与える。この前のようにね」

2人のパートの顔が浮かんだ。確かに適切な人物ではなかった。大きな学びがあったという点でとても素晴らしいことだったが、金銭的には大きな痛手となった。もう卓也はお金の蓄えに余裕がない。利益を出して前進しなければ経営を続けることさえできなかった。

「適切な人を採用できるかは面接がすべてだ。しかし面接の前に、どういう人物が欲しいかをきちんと書き出すんだ。『能力』と『人格』と『勤務条件』だね。そして、『どういう人物に来てほしくないか』も書き出す」

「なるほど。欲しい人物だけじゃなくて、欲しくない人物も考えておくと、よりはっきりしますね」

「そうだね。じゃあ今からそれを書き出してごらん」

卓也はノートに先ほどの欲しい人に加えて、欲しくない条件も書き込んだ。

**■欲しい人　　：明るい。言葉遣いが丁寧。工夫ができる。売り上げに積極的に貢献してくれる。暇な時にも自分でやることを見つけられる。院長をサポートしてくれる。**
**■欲しくない人：暗い。話し方が感じ悪い。暇な時にボーっとしている。売り上げに貢献しない。おしゃべりをする。人を見下す。院長を立てない。上司や同僚との人間関係で問題を起こす。**

弓池がリストを見ながら言った。

「そういう人を見分けられればいいわけだね」

「その通りです」

「見分ける時のポイントは『質問』にあるんだ。卓也君、解雇した2人に君が面接の時にした質問は、未来のことについて聞いていたんだ。また相手に自分の性格を説明させていたね」

確かに、「どんな店にしたいですか」は未来のことだし、「自分の性格を説明してください」は自分のことに関する質問だった。何がいけないのだろう。

「面接で自分のことを悪く言う人っていると思うかい」

「いないですね」

なるほど。思わず笑った。誰だって採用されたいから自分をよく見せたいと思うだろう。

「だから自分の性格を説明させても意味がないんだ。そういう時は『あなたは友人、夫それから仕事の同僚からどんな人だと思われていますか』と質問するんだ」

卓也は感心しながら、すべてを聞き逃さないように必死にメモを取る。

「実際に周りの人にインタビューすることが一番いいのだけれど、パートの人にそこまではできない。だからこう質問することによって客観的な声が聞ける。少なくとも自分の性格を説明させるよりはね」

確かに、自分がそう質問されたら、つい「生意気なやつだと思われているかもしれないですね」とでも答えてしまいそうだ。

「それからね、『どう思われていますか』という質問でその人の感性を試すことができる。周りの人が自分をどう思っているのかは、常に相手の接し方や感情に気をつけていないと見えてこない。感性が鋭くないと分からないだろう。この質問でその人がどれくらい相手の立場に立って物を考えられるか、相手の気持ちを察知できるかが分かるんだ」

日頃、相手の立場に立って考えていない人ならどう思われているかと聞かれて、さあどう思っているんでしょうなんて答えてしまうだろう。

## 人は言葉ではなく行動で判断する

さらに弓池はもうひとつ、重要なことを教えてくれた。

「面接では過去の行動を中心に聞くのがポイントだ。誰でも未来のことはいくらでもよく言えてしまうからね。普通は採用されたいから面接に来ているはずだ。当然、自分をよく見せようとするだろう。でも過去の行動は変えられない。そして多くの人は同じ行動パターンを繰り返すものなんだ。過去にやったことがない行動を将来やる可能性と以前にやったことを将来もやる可能性とでは、どちらが高い？」

「もちろん、以前にやったことと同じことをやるほうが可能性は高いです」

「そうだろう。だから、過去の行動を聞くんだ。たとえば、『売り上げに積極的に貢献してくれるか』を聞きたい時は、『実際にあなたが過去に働いていた職場で、売り上げに積極的に貢献した場面を教えてください』と質問をする。過去に実行したことを聞くわけだね。アイディアを出せる人かどうかを知りたいのなら別だけど、ここで『売り上げに貢献してくれますか』という類の質問は意味がない。いくらでも理想的な答えを作ることができるからね」

「ああそうか。僕は仮定の質問をしていたんですね。だから人物を見抜くことができなかったんだ」

間違っていた点がどんどんはっきりと見えてきた。ひとつ疑問が湧いた。

「でも、やってもいないことなのにやったと嘘をつくかもしれないと思うのですが」

「そう。だからその後で必ず結果を聞いて回答と矛盾がないかを確かめる。『その結果売り上げはどうなりましたか』とか『上司はなんと言いましたか』とかね。もし嘘をつけばどこかで必ず矛盾や破綻《はたん》が出るものさ」

「そうか、その人が正直な人かどうかも分かりますね」

「その通り。役員などの重要なポジションに置く人材の時は、電話で昔の職場に問い合わせたり、場合によっては興信所を使ってそういう事実があったかどうかの調査をやったりもするんだ」

「そこまでやるんですか」

やりすぎなのではないだろうかと感じた。人を疑ってかかっているようで罪悪感があった。

「人を雇うというのはそれくらい重要なんだよ。損失は払う給料だけじゃない。顧客に対する信頼を失ったり、組織全体の人間関係にダメージを与えたりと、修復に多くの時間と労力を割かれるだろう」

「本当にそうですね。あの事件でそれに奪われる自分の精神力というか気持ちは並大抵ではありませんでした。僕自身のやる気も下がりました。お客さんにも迷惑がかかりました。何をやるかではなく、誰とやるかが重要だということを身をもって体験できました。ところで『上司や同僚との人間関係で問題を起こす人かどうか』を見抜くにはどうしたらいいんですか」

有子の上司としてとても苦労したのでどうしても聞いておきたかった。

「君はどうしたらいいと思う？　考えてみて」

「ええと、『上司や同僚との人間関係で問題を起こしたことはありますか』と聞くのでしょうか」

「そう聞かれて『はい、あります』って答えると思うかい」

「ないですね」と笑って言った。

「そういう場合は『転職』に注目するんだ。問題があった場合は会社を辞めることが多い。だから職場を変えていたらその状況を細かく聞くんだ。『○○という店で働いていましたね』と状況を特定した上で、『辞められた理由を聞かせてください』と聞く。それで分かるだろう。前の会社の悪口を言う人は、大抵は雇ってからも不平を言う人だよ」

「そうか。そういえばパートの有子さんは上司が嫌な人で辞めたと言っていました。

ああ、なんで気がつかなかったんだろう。あの時もっと詳しく説明してもらえばよかったんだ。僕は疑うどころか同情してしまいましたよ。初めの印象は感じがよかったから、この人がいいと思い込んでしまったんです。だから問題を起こした事実があるのに見えなくなってしまっていたんです」

なんだ。全部ヒントが隠されていたんじゃないか。読み取れなかっただけだったのだ。

弓池は生徒の飲み込みの速さに満足そうにうなずいた。

「でも、面接って大変なんですね。僕は簡単にやっていました」

「もう問題を起こすような人は入れたくないだろう」

「そうですね」

「さっきも言ったけれど人は同じ行動パターンを繰り返すものだ。今まで話したものは『人は言葉ではなく行動で判断する』という基本ルール上にあるものだ。ビジネスパートナーを選ぶ時にも言葉ではなく行動で判断するんだ。もし行動と言葉が矛盾していたら行動が示す人格が真実だ。言葉なんていくらでもいいことが言えるからね」

「次のスタッフはいい人を選びたいです。有子さんには参りました」

「彼女は人間関係で問題を起こして職場を転々と変えていくというパターンを繰り返しているのかもしれないね。そう考えるとかわいそうだけどね。でも経営者としては問題のある人を教育するよりも、初めから役立つ人を使うほうが楽だよね」

「そう思います。問題のある人は困ります！」

弓池は笑った。卓也の返事にあまりにも力が入っていたからだった。

## 自分のアイディアは積極的に実行する

翌日、教えられた通りの面接を行った。実際、この方法はすばらしい効果を発揮した。過去の仕事場での出来事や仕事を変えた経緯を事細かく質問していくと、その人の行動パターンが浮き出てきた。その結果、15人を面接して、やっと1人だけ採用できた。前回は、どの人もそれほど差がないと思っていたが、違う基準で見ると実際は採用できるレベルに達している人材はとても少なかった。今の時期は不況で仕事が少ないため希望者はいくらでも集まる。しかし、優秀な人材がたくさんあふれているかというとそうではない。優秀な人は企業がそう簡単には手放さないのだろう。ビジネスをやる上で人材の選別はいつでも最も大きな課題だ。

仕方ないので、もう一度求人をかけることにした。そしてやっともう1人を採用することができた。前回の2人と比べると同じパートでもこんなに違うものかと驚いた。2人ともなかなか優秀で、むしろどうしてこんな小さな店で働いてくれるのかと不思議に思うくらいだ。自主的でいちいち指示する必要がない。

初めて出勤した日、2人を前にして、とにかく思いついたアイディアはどんどん言ってほしい、今、店は赤字であること、何もしなければ営業を続けることは難しいこと、そういったことを率直に伝えた。

卓也の想いにスタッフの2人も進んでアイディアを出してくれた。特に2人目のパートはよいアイディアをどんどん出してくれた。彼女もそれを楽しんでいるようだった。卓也はあまりアイディアを出すのが得意ではなかった。自分を補ってくれる人物がやっと現れたのだった。

3人は知恵を出し合い、次々に実行し店を改善していった。

たとえば、彼女からもっと積極的にチケットを売ってみたらどうかというアイディアが出された。以前に、5枚つづりのチケットに加えて10枚つづりのチケットも販売していた。その結果を集計してみると、お客の3分の1が5枚つづりを買い、同じく3分の1が10枚つづりを買っていた。残りの3分の1はチケットを買わずに、その日の料金を払っていた。彼女の提案は、会計の時に「チケットはいかがですか。お得ですよ」と必ず一言付け加えてみたらどうかということだった。マクドナルドで「ハンバーガーとご一緒にマックシェイクとポテトはいかがですか？」と勧められて思わず注文してしまったことから思いついたという。これは後にスタッフの間で〝マック作戦〟と呼ばれるようになった。早速試すと、お客さんの半数が10枚つづりのチケットを買った。計算すると一気に4倍ほどの売り上げになった。

この中で卓也は重要なことに気がついた。アイディアを出したスタッフが一番積極的に声を掛けていたのだ。そして、何よりも楽しそうだった。上司が決めたことをやらされているのではなく、自分で思いついたことを実行することが喜びになり、やる気が増す。

またひとつ学んだ。ノートに書き込んだ。

「自分で出したアイディアは積極的に実行する」

最近では、弓池に教わる以外にも日常から気がつくことが増えていた。

この〝マック作戦〟は意外な効果をもたらした。10枚つづりを買ったお客さんが増え始めてから数週間してリピート率が2倍近くになった。お客さんは10枚つづりのチケットを買うと10枚を使い終わるまで来るようになった。そしてリピート率が上がると、店にいるお客さんの人数が増え、店に活気がもたらされた。一言でいうと〝繁盛している店〟の雰囲気ができたのだった。人気のラーメン屋に人がどんどん来るように、店が混んでいるとお客さんはまた来てくれる。混んでいる＝いい整体をしている、というイメージを持つようだった。

アイディアの効果が感じられると、スタッフの間にもっと工夫しようという雰囲気ができてきた。卓也もスタッフも一緒に楽しんで仕事をしていた。

毎朝のミーティングでは全員で改良箇所を考えるための時間を5分間とるようにした。これを「5分改善」と名づけた。卓也の掛け声を合図に、全員で1分間キョロキョロと店内を見回す。そして、気がついたことを残りの4分間で話し合う。そうすると、毎日やっているにもかかわらず、常に何かしらアイディアが出るのだった。

たとえそれが小さなことであっても、常に何かお客さんを喜ばせよう、店を良くしようという意識が定着すると、店全体の印象を良くすることにつながった。店に自然と笑顔が増えた。スタッフが楽しく働くと、その雰囲気がお客さんにも伝染するようだった。

考えてみるとすべては卓也自身が震源地だった。自分次第でこんなにもスタッフに影響を与え、店の雰囲気までも変えられることに喜びと自信を感じた。

しかし、これだけどんどんアイディアを出して実行しているのに、まだ店は赤字だった。おそらくこのままいっても湯沢の店と同じほどには利益は出そうもない。出店場所を間違ったのか、または湯沢の店とは地域性が違うのか、とにかく儲かる店にするにはもう一押しが必要であるように思われた。

その月の半ばに思わぬ電話があった。

「泉さんかい」

電話では大きすぎるガラガラの声。それは、どこかで聞き覚えのある声だった。

「はい。そうです」

「元気そうだな。小金井だ。覚えているか」

思い出した。弓池に課題を出された時に最初に訪れた経営者だ。小金井のテカテカと光った精力にあふれる顔が目の前に浮かんだ。

◎◎ 9 ◎◎

# 成功の上昇気流に乗る

## 金儲けの天才

「おたくのチラシを見てね。家内が君の名前を見つけたんだ。整体院の院長さんとは驚いたよ」

そういえば、小金井が住むエリアもチラシの配布地域に入っていた。少しでも親しみを持ってもらうためにチラシに自分の名前と顔写真を載せていた。それを見たのだろう。

「あの時はありがとうございました。奇妙な縁で、整体院の経営を任されているんです。小金井さんのおかげで試験に合格して経営を任せていただいています」

卓也は自分の店が、今はまだ赤字で苦しいことや、多くのことを学んで成長していることを話した。

「赤字か。だったらうちの商品を卸してやろうか」

小金井がダイエットサプリメントを製造販売する会社を経営しているのを思い出した。

「ダイエットのサプリメントを……ですか」

「うちはダイエット商品だけじゃない。ビタミン剤なんかの健康補助食品もあるんだ。すごい商品だぞ。うちの商品は、普通の店には卸さないんだ。アドバイスまできちんとできるところじゃないと評判が落ちるからな」

製造元にとって販売店はお客さんのようなものだ。ところがこの社長に媚《こ》びた雰囲気は一切ない。商品に対する自信を感じた。自分の整体院には関係がないと思ったが、卓也は何かよい兆しを感じた。弓池の言っていた、自分の直感を信じること、そしてチャンスのサインを見逃すなという言葉を思い出した。これがそうかもしれない。

「是非詳しい話を聞かせてください！」

小金井の行動は驚くほど素早かった。その日の夜にわざわざ卓也を整体院にまで迎えに来てくれた。整体院の前に停まった黒のベンツSクラスはどう見ても不釣り合いだった。助手席に乗り込むなり、卓也は肩をバンと叩かれた。小金井の相変わらずの迫力に気圧《けお》された。

「おお、元気か。これから面白い店に連れていってやる。その店はな、実はダイエットで儲かっているんだ」

そう言うと、卓也の意見はまったく聞かずに車を発進させた。

車中、小金井は一方的に話していた。卓也はこの豪快な経営者が好きだった。独善的で押しが強いので引いてしまう人も多いだろう。しかし人情味にあふれていて面倒見がいい人なのだ。卓也はなぜかこういう人から好かれる傾向があった。

30分ほど走らせると目的の店に着いた。駅から5分ほどのところにある立地がいいビルだった。2階がその店だ。緑に白抜きの文字で「ダイエットコンサルティング・ヘルシースリム」という看板がかかっている。小金井の話によると、その店ではダイエットサプリメントの販売だけではなく、ダイエットの指導まで行っているという。

「ここのオーナーは俺の友達で、他にもビジネスを持っている。かなり儲かっているぞ。あいつは金儲けの天才だな」

(金儲けの天才!)

卓也の目が輝いた。弓池との出会いから始まって数々の成功者と巡り会っていた。またそんな人物に会えるのは楽しみだった。すでに成功している人に会うと必ず大きな気づきがあるのだ。

エレベーターで上がると、ガラスのドアの向こうにこぢんまりとした店が見えた。いつもは店の前に出している立て看板がドアの内側にしまってあった。どうやら閉店の用意をしているようだった。

ダイエットと聞いて、エステのような設備機械がある店内を想像していたのだが、店内はとてもシンプルだ。椅子とテーブルのセットが4つほどある小さなラウンジのようになっていて、その奥に仕切られている個室が3つほどあるだけだった。個室にはテーブルを挟んで2脚の椅子がある。店内では白衣を着た2人の女性とストライプのワイシャツにジーンズを穿《は》いた男性が忙しそうに動いていた。

自動ドアのスイッチは切られているので近づいても開かない。小金井はドアのガラスをパンパンと叩いた。そして中の女性スタッフが驚いているのを気にもかけずに、自動ドアをこじ開けた。

## 新たなビジネスチャンス

「よお、石田」

小金井が声をかけた男性は弓池と同じ30代後半くらいの年齢だろうか。後ろ髪を肩まで伸ばしている。ちょうどレジでタバコをくわえながらお金を勘定しているところだった。どちらかというと痩《や》せていて、色あせたジーンズがより細身の足を強調していた。どこか狐《きつね》に似た風貌《ふうぼう》で、キラキラというよりはギラギラした眼は、近づきがたい雰囲気を漂わせていた。

卓也は少し遠慮して一歩後ろに立っていた。

「こいつを儲けさせてやってくれ」

小金井は卓也の首を押して前に突き出した。

「びっくりした。泥棒でも入ってきたのかと思ったじゃない。小金井さん、お久しぶり」

どうやらアポなしの訪問のようだ。小金井は石田という男と軽い調子で冗談を言い合っている。卓也は石田が強引で独善的な小金井にまったく押されていないのを見てすごいと思った。2人とも我の強いタイプだがそれなりに親しいようだ。

小金井が卓也を石田に紹介した。

石田から握手を求めてきた。その手は細いが力強い。

「うちはね。ダイエットコンサルティングっていうのをやっているんですよ。小金井さんの商品を扱わせてもらっています」

石田は初対面の卓也には話し方を変えて礼儀正しかった。コミュニケーションの幅の広さを感じさせた。

「といってもコンサルティングだけじゃ日本人はお金を払わないんで、サプリメントを売っているんです」

そう言って、レジの横の棚に並んだ商品を見せてくれた。

「この商品の販売とコンサルティングをするんですね。1人当たりの売り上げはいくらなんですか」

「ええとね。期間は3か月で1人25万円になりますね」

25万円という額の大きさに驚いた。整体院では10枚つづりのチケットを買っても
らっても3万ちょっとにしかならない。

「25万円とは結構いい値段ですね」

「やっぱり商売ですからね。それくらいないとつまんないでしょう。安くチビチビ
売るのがお客さんのためになるというわけでもないのですよ。あ、でもこれでもか
なり安いほうですよ。エステなんかじゃあ、100万とかは当たり前ですからね」

「実際に痩せるんですか」

「痩せます。もちろん、100%なんてあるわけないですけどね。言われたことを
やらない人もいるから。でもこちらの指示通りやれば95%は成功しますね。これも
小金井社長のところのサプリメントがいいからなんです。それに、お金を払うと人
は真剣になるでしょう」

「サプリメントの販売以外にコンサルティングというのは、何をやっているんです
か」

「ざっくり言うと目標設定ですね。まずなりたい自分を明確にイメージさせます。結局ダイエットなんてスポーツと一緒で、なりたい自分が明確にイメージできるかどうかがポイントなんですよ。なりたい自分が明確になったらそれを絶対に達成するとコミットメントさせる。根本のところはそれだけです」

弓池に教えてもらった成功のノウハウとかなり共通しているようだ。全く関係がないものなのにつながりがあるなんてちょっと驚きだった。

「簡単そうですけど、スキルが必要でしょう。それは誰がやるんですか」

「彼女たちですよ」

閉店準備をしている女性2人のスタッフを指した。手馴《な》れた様子でテキパキと働いている。

「私は自己啓発セミナーの会社を経営していたことがあるんです。自己啓発というと洗脳セミナーのような受け取られ方をして悪いイメージもあるけれど、実際は自分を理解し、目標を達成する習慣を身につけるということに、とっても効果があるんです。うちではその手法の一部をダイエットのために使っているということです」

確かに〝自己啓発セミナー〟というだけで世間的にはかなりイメージが悪い。にもかかわらず特に何の抵抗もなく言い放つあたりは、深い自信の表れだろうか。

「実を言うと、彼女たちは自己啓発セミナーの元トレーナーなんです。だからダイエットのコンサルティングなんてお手のものですわ。痩せるという目標を達成させるのなんて簡単」

卓也は無意識のうちに石田と弓池とを比べていた。誠実、柔和、器の大きさを感じさせる弓池に対して、石田は賢い、鋭い、抜け目ないという印象だ。確かにビジネスのセンスはズバ抜けているようだが、一方でなんとなく安心できないという感じを抱かせた。

石田が自分のビジネスについて一通り話し終わったので、今度は卓也の番だった。卓也は整体院を経営していることを説明した。また赤字であることも。

「そうですか。まあ初めから黒字になることのほうが珍しいけどね。もしこれをやるんなら協力しますよ。もちろん普通じゃこんなこと考えられないですよ。小金井さんのご紹介ですからね。私は小金井さんにはお世話になっていて頭が上がらないんですよ」

「整体院の中でこれをやれますか」

「まあぜんぜん問題ないでしょう」

石田は少し考えた後、何かひらめいたという感じで快活にしゃべりだした。

「むしろ同じ店の中で一緒にやるのはいいですよ。ダイエットというのはエステと比較されやすいんで、整体院という響きがかえって役立つと思うな。つまりね、あえて野暮ったい白衣を着た整体師がダイエットのコンサルティングをするというのは、エステとの差別化になるでしょう。うん、案外いいかもしれない」

石田はいたずらの計画を練っている子供のような表情だった。

「石田さんはビジネスの経験が豊かなんですね。ビジネス全体のイメージをつかんで話している感じがします」

卓也は思ったまま褒めたのだが、石田は褒められてもあまり嬉しそうにはしなかった。タバコを灰皿でもみ消して小金井に向かって言った。

「参ったな。彼は褒め上手ですね。もしやるならアドバイスはしますよ。その代わりうちにも多少利益が入るようにしてほしいですね。あとは、うちと競合するような場所には店を出さないでください。今のところ、おたくの整体院のそばにはうちの系列店がないみたいですから、まあ問題はないですけどね」

それに小金井が答えた。

「分かっているよ。商品の仕入れの5％が入るようにしよう。それならいい話だろう」

「それはいい条件ですね。喜んで指導してあげますよ」

（あれれ。なんとなく流れで話が決まってしまいそうだ）

卓也は2人に失礼にならないように気をつけて言った。

「ありがとうございます。店の利益になるとてもよいチャンスだと感じました。しかし、僕は経営を委託されている立場です。この場で返答することはできません。オーナーに相談させてください」

小金井と石田はこれに対し、どうぞご自由にという感じだ。

帰りも小金井のベンツで整体院まで人生訓を賜りながら送ってもらった。小金井の教えは確かに役に立つのだが一方的で疲れた。弓池に教えてもらう時は疲れない。2人の違いはなんだろうかと考えた。すぐにそれが弓池の質問にあることに気づいた。弓池は常にこちらの理解の程度を確かめながら、質問をしてこちらにしゃべらせる。キャッチボールをしているうちに頭の中が整理されていく感じだ。しかし小金井は相手に関係なく自分の考えを話す。バッティングセンターで機械から投げられる球をひたすら打っている感じだ。だから疲れるのだ。成功者に会えば会うほど弓池のすごさが分かる。そして、なぜか自分が誇らしい気持ちになった。

整体院の前に到着すると卓也は丁重にお礼を言って車を降りた。早くひとりになって今回の件について考えたかった。

財布の中身を確認するとわずかな小銭しか入っていなかった。節約しなければ。今日は店に泊まろう。節約の方法をあれこれと考えてしまう。節約は根本的な改善策になるわけではないからどうしてもネガティブな気分になる。

卓也は整体で使うマットに横になった。雑念を払って心を静かにすると、「これはもしかしたらまたとないチャンスだ」という心の声が聞こえてきた。

## 重要な決定はすぐに下してはいけない

翌日、朝一番に弓池に電話をして彼の自宅で今日会うためのアポを取った。

夕方、少し早めに店を切り上げて用意した資料を持って訪問する。弓池がミーティングの前に夕食を一緒にしないかと誘ってくれた。昨日の夜から節約のためにカップラーメンしか食べていなかったので、卓也は喜んでその提案に従った。

食事を待つ間、弓池は長男の相手をしていた。卓也は楽しそうにじゃれあう親子を見て、もし結婚したら自分もこんなふうに子供を持って遊ぶのだろうかと思った。

美晴が夕食を運んできた。今日はバジルとトマトのパスタだ。

「バジルはうちの庭で育てたの。トマトも有機栽培のだから美味しいわよ」

口に入れるとバジルの香りとトマトの甘みが広がった。幸せな気持ちになる。体が久々の栄養を喜んでいるようだ。2回もお代わりをして、用意されたパスタをすっかり平らげてしまった。美晴は、いつも卓也は食べっぷりがいいので作りがいがあると言った。


食事を終え、弓池とともにリビングに移動した。

「話ってなんだい」

「整体院の売り上げをどうしたら増やせるか、いろいろと考えていました。弓池さんに教えていただいた、新規顧客を増やすこと、単価を増やすこと、リピート率を上げることをやってみました。おかげさまで、売り上げは徐々に増えてきています。今月は黒字になりそうです」

弓池は「それはおめでとう。すごいね」と言って拍手をした。褒めてもらい誇らしい気持ちになる。

「でも、整体だけでは限界があります。時間をかければ予定通りの利益には届きそうですが、もっと早く売り上げにつながる他のものを取り入れたいと思っていました。そんな時、昨日なんですが、前に課題で会った10人の社長さんのうちのひとりから偶然電話をもらいました。最初に会った社長さんで、残りの9人をすべて紹介してくれた人です」

サプリメントの製造と卸しをしている会社で卸し先のダイエットコンサルティングの店を紹介してくれたこと、一緒にその夜、店に見学に行ったこと、その店の収支状況とダイエットを返金保証でやっていること、そして実際には返金は2％以下であることを話した。

「そのダイエットコンサルティングをうちで導入してみようかと考えています。ですから弓池さんに相談させていただこうと思って」

「すごそうな話じゃないか。大きなシンクロニシティだね。ところでそのサービスを導入して売上高はどれくらいになりそうなの」

昨日、質問を予想して作った収支計算書を取り出した。

「ダイエットなので、季節変動があると思いますが、100万円からよければ250万円の売り上げになる計算です。あと経費はこれです」

「1人25万円の売り上げか。ずいぶん単価が大きいね」

弓池は渡された収支計算書を手にとってじっくりと見ていた。卓也はどきどきしながら反応を待った。

「商品を販売するわけだね。卸してもらう時の契約条件は？」

「はい、全商品を売り値の60％程度で卸してもらいます。このビジネスのポイントはコンサルティングです。3か月間ダイエットのコーチングをするのですが、そのノウハウが必要です。紹介していただいた店のオーナーの石田さんはノウハウも提供してくれると言いました。その代わり商品の卸し価格の5％を指導料として支払います。ただ、この5％はうちが払うのではなく、卸し会社が店のオーナーに5％を支払ってくれます」

「それはいいね。2社に支払うという手間も減るし、その店のオーナーもとりっぱぐれがないいね」

「もし必要なら、紹介してくれた経営者と店のオーナーと会ってもらうこともできますけど」

「いや、君の判断でやっていいよ。投資額が回収できれば君の店になるわけだからね。でも契約書だけはチェックしてあげるよ。そのほうが君も安心だろう。それから口約束だけはしないように。ところで問題点は考えたかい」

すべて予想済みだ。予習ばっちりの優等生になった気分だ。

「はい、2つ考えました。1つはスタッフにコンサルティングのスキルを教育すること。これは石田さんに協力してもらうことができますので、なんとかなると思います。2つ目は整体院に通っている患者さんのイメージが悪くなる危険性です。整体院なのになんでダイエットなんてと思うお客さんもいると思います。これについては、避けられそうもありません」

「完璧じゃないか。プラス面だけじゃなくて、マイナス面もきちんと考えているね。一度で学んで自分のものにできるのはたいしたものだ」

「ありがとうございます」

予習した甲斐があった。こんなふうに弓池に褒めてもらいたくて予習していたのかもしれない。学校の勉強もこんなふうにしていればきっと人生は違ったものになっていただろう。

「あとは、ダイエットという言葉に悪いイメージを持って通わなくなる人がどれくらいいるかだね。私の感覚からすれば、その可能性はゼロではないだろうけど、心配するほどのことではないんじゃないかな。お客様のためにダイエットを導入しました、という見せ方をすれば納得してもらえると思うよ」

「はい。実際に整体のお客さんには太りすぎが原因で腰痛になったり、膝の関節が悪くなったりするケースがありますから」

「そうだね。ところで商品を仕入れる際に、1回の数量は決まっているのかな」

「それは聞いていませんでした。そうですね。1回に200個とか頼まなければならないのなら大変ですよね。今、電話して聞いてみます」

時計を見るとまだ8時過ぎだ。携帯から小金井の自宅に電話をかけた。小金井のかすれた大声が携帯電話から響いてくる。手短に質問を伝えた。仕入れはケース単位で1ケースが20個だという。一番高い商品でも販売価格で1万円ちょっとだから、20個をまとめて仕入れる場合には12万円だ。1ケース20個なら問題ない。

「大きな声の人だね」

「聞こえてましたか？」

「全部ね。あと細かい条件なんだけど、発注と支払いと商品の到着のタイミングはどうなっているの？」

それも聞いていない。卓也はまた電話をかけなくてはならなかった。2度目の電話にも小金井は面倒がらずていねいに教えてくれた。

「発注と同時に現金振り込みをするそうです。そうすると営業時間ならその日には発送の手配をしてくれるそうです。だから翌日には着くということです」

「オーケー。ほかに問題点はないかな。もっと視点を変えてみよう。なにも反対しているわけじゃないよ」

「分かっています。ポジティブな考え方は大切。でもこういう時はネガティブになって問題点を見つけ出すんですよね。もし予想できていれば、対策をあらかじめ打つことによって、問題も問題ではなくなる」

「へえ。よく覚えていたね」

「メモ魔ですから。教えていただいたことは、暇があったらメモを読み返して理解するようにしています」

「それは教えがいがあるよ」

弓池と話していると自分まで頭の回転が速くなるような気がする。

「今回の話はリスクも少ないし、とてもいいビジネスチャンスだと思うよ。でもこういう他社との契約が絡《から》むような大きなビジネスの決定はすぐに下してはいけないんだ。一度話が進みだすと途中でやめるのが困難になるからね。もう一晩だけじっくり考えてみよう。明日また来てくれないかな」

## 成功者の意思決定は2パターンある

翌日、小金井に連絡をして契約書をファックスで送ってもらった。弓池の自宅へもファックスで転送した。

仕事をしながら卓也は自分が気づいていない新しい問題があるかと考えてみたが、

特には思い浮かばなかった。不確定な部分は、実際に売り上げがどれくらいになるのか、未経験のスタッフが短期の教育を受けてできるのかということだった。これらはやってみないと分からない。

教えてもらった「かなりイケそうだけど後はやってみないと分からないというところ」まで来たと思った。スパッと挑戦する時期だ。卓也の決意は固まった。

夜、弓池の家に行き、契約書を確認してもらい再度問題点を話し合った。弓池は昨日、契約書を顧問弁護士に渡し、チェックしてもらったという。顧問弁護士によると、これは弁護士か司法書士などの専門家に作らせた契約書で信頼に足るということだった。もう、やらない理由はどこにもなかった。

「よし、では乾杯するか」

弓池はグラスを用意してシャンパンを注いだ。2人で成功を祈って乾杯した。

「でも、とても驚きました。重要なビジネスの決定をする時はこれくらい慎重になるべきなんですね」

成功者がここまで慎重に検討する姿勢に驚いたのだ。

「成功していない人は、普段はなかなか決断できないが、多額のお金が絡む重要なことになると、判断できずに、なんとなく契約してしまうものだ。成功者には2つの決断パターンが必要とされる。成功者は普段はすばやく決断し、重要なことはあせらずじっくりと検討して決断を下すんだ」

この後、卓也はこの教えのおかげで、何度かビジネスにおいて致命的な失敗を避けることができた。その度に、この乾杯の場面を懐かしく思い出し、口の中ではじけるシャンパンのシュワシュワっとした感覚を思い浮かべ、感謝の気持ちで胸がいっぱいになるのだった。

こうして整体院の中にダイエットコンサルティングを一緒に併設することになった。

店内にカウンセリングのためのブースを作った。パーティションに仕切られた幅2メートル、奥行き4メートルほどの細長い空間に椅子2脚とテーブルが置かれただけの簡単なものだ。

チラシは石田の店で使っているものをそのまま使わせてもらった。地図と店の名前だけを変えればすぐに新聞の折込広告に使える。

一番の心配は2人のスタッフがこれを受け入れてくれるかどうかだ。あの恐ろしい〝ドン有子事件〟が脳裏をかすめる。が、その心配は無用だった。新しく雇った2人のスタッフはこのビジネスプランを抵抗なく受け入れてくれた。彼女たちもなんとか店の売り上げを増やそうとしてくれていたのだ。やったことがないものに挑戦するという不安はあったものの、それを上回る意欲があった。卓也は人材選びの大切さをしみじみと実感した。

石田の店に行って2か月後、卓也の店で正式にダイエットコンサルティングが開始された。ダイエットの繁忙期は5月から7月だ。今は10月になっていたから、時期としてはあまりよくなかった。だからといって、開始を引き延ばすわけにはいかなかった。経営の改善薬は今すぐ必要なのだ。5万枚の新聞の折込チラシを配布し、それと同時にタウン誌にも記事を掲載した。

初めての告知で大きな反応が得られた。1週目で10人のダイエットの来院があったのだ。そのうち6名が契約をした。予想以上の成果だった。この裏には石田のスタッフの応援がある。石田のスタッフが整体院に駆けつけて最初の数名のコンサルティングをしてくれたのだ。当然契約率は高かったし、何より整体院のスタッフがノウハウを目の前で学ぶことができた。卓也は嬉しくて仕方がなかった。スタッフの意欲も急に高まった。

すぐに弓池に知らせたい。電話をかける。

「弓池さん、ダイエットが絶好調です。もう6名の契約です」

その報告に弓池は心から喜んでくれた。

「おめでとう。君があきらめずに頑張ってきたからだよ。石田さんと小金井さんにも連絡したのかい」

「あ、まだです。すぐに連絡します」

切ってすぐに報告の電話を入れた。2人とも喜んでくれた。

実際、顧客にダイエットコンサルティングは好評だった。石田のノウハウは絶大な効果を発揮した。途中で脱落する者もいたが、70％以上の参加者が減量に成功した。

もうひとつ大きな進歩があった。それは、ダイエットコンサルティングを完全にパートスタッフに任せたことだった。卓也が手を下さずに売り上げが上がったのだ！　自分なしでも売り上げが上がるなんて考えたことがなかった。整体も、その前に手がけた中古車の仕事も、車検代行業も、自分がいなくては成り立たなかった。これは本当に画期的なことだった。

パートのモチベーションが高まったのはダイエットコンサルティングを任されたからでもある。今まではどこかお手伝いをしているという感じだったが、自分たちが主導権をもって運営しているという自負心が芽生えた。生き生きと働いている。それを見ると卓也も嬉しくなった。

石田の言ったように整体院がやっているダイエットということで、たくさんあるエステと差別化ができた。エステティシャンではなく、整体師にアドバイスが受けられることは、健康的に痩せられるというイメージがあるようだ。〝白衣効果〟てきめんだった。パートでさえも整体院の中で白衣を着ているので信頼されやすいようだ。内心は整体院でダイエットなんて本当にうまくいくのだろうかと心配していたが、整体院という野暮ったさが、逆に他のダイエット関連のお店との差別化になっているようだった。

## 協力と感謝の循環が成功を加速させる

その月、とうとう合計の売り上げは350万円を超え、利益は120万円になった。広告費がかさんで、売り上げの割には思ったほど利益は増えなかったが、それでも一気に大幅黒字だ。

初めて弓池との経営ミーティングを楽しみに感じた。売り上げを報告したらなんと言うだろう。ミーティングの日、弓池の自宅に着くなり、卓也は収支計算書を渡した。

「すごいことになりました。今月は120万円の黒字です！」

弓池は大げさに目を丸くしてみせた。

「本当にすごいことだよ。石田さんと紹介してくださった小金井さんに感謝しなくちゃね」

「はい。その通りです。明日、お礼を言いに行きます」

「そうそう。感謝をするのはとても大切だよ。分かっただろう。世の中には人の成功に協力したいという人がたくさんいる。多くの人に協力してもらってたくさん感謝するんだ。そうすると協力と感謝の循環が生まれ、成功のスピードも速まる。さあ、まずご飯を食べよう。黒字のお祝いだ！」

弓池は興奮気味の卓也をダイニングに促した。ダイニングテーブルには、いつもにも増して豪華な食事が並べられていた。美晴が特別に用意してくれたのだ。キャンドルまで灯っている。

「今日はお祝いですよ」

得意料理の特製オムライス、ローストビーフにはマッシュポテトが添えてある。それにレタスときゅうりとアスパラにフレンチドレッシングがかかったサラダ。とろけるチーズが入っているあめ色に炒めたオニオンスープ。それらをキャンドルの明かりが温かく揺らめかせていた。ローストビーフの香ばしく焼けたにおいが部屋中に満ちている。

2人の男の子は席に着いて待っていた。

「卓ちゃん早く！」

お預けを食らっていたのだろう。裕太は待ちきれずフォークを持ってテーブルを叩いている。弓池が「お行儀悪いぞ」と叱った。卓也と弓池は席に着き、みんなでそのごちそうを食べた。幸せな気分だった。ついについに努力が報われたのだ。

不意に美晴が尋ねる。

「卓也君、彼女はいないの」

思ってもみなかった質問に狼狽《ろうばい》してしまう。

「ああ、いやあ、大学の時には付き合っていたんですけど、今はいないです。そんな余裕はないですし」

「彼女欲しいんじゃないの？」

「そりゃそうですよ。でもビジネスで成功したあとの課題ですね」

「いやいや、美晴、誰か知り合いを紹介してやれよ。ビジネスはやっと難所を通り抜けたようだから。卓也君だったら美晴の友達とも年齢もちょうど一緒ぐらいじゃないか」

「そうね。でも私の友達は年齢的にみんな結婚しちゃっているから」

卓也はなんとなく居心地の悪さを感じた。恋愛に疎いわけではなかったが、大学の時の彼女以来、ずっと恋人ができなかった。全く周りに女性がいなかったわけではない。何の成果も出していない自分に自信が持てず、積極的に女性にアプローチできなかったのだ。

「女性と付き合うってことは自分をより深く知ることにもなるよ。特に結婚相手は自分の鏡だから良い面も嫌な面も全部映し出す。まあ、焦って見つけるというようなものでもないけどね」

「弓池さん、夫婦喧嘩とかはしたことあるんですか」

弓池は美晴と目を合わせてから言った。卓也の目にはそれがとても羨ましく映った。

「前はあったね。最近でも喧嘩というほどのものはないけど、ぶつかることはあるよ。ただ、大声で怒鳴りあったりはしないなあ。お互い成長のために必要なことだと知っているからね」

「そうね、最近は喧嘩っていうほどのものはないわね。そもそもイライラしたり、言いくるめたりしたい衝動にかられるってことは、自分の中に相手の言動に反応する原因があるからなのね。その原因は相手にあるのではなくて自分にあるわけ。それを知っていれば言い争うってこともないと思うけど」

「そういう関係っていいですね。弓池さん夫婦は僕の理想です」

卓也がそう口にすると、2人は嬉しそうにした。そして、美晴はいずれ時期が来たらいい人に出会うから焦らないほうがいいと言った。

自分の結婚相手はどんな人なのだろう。運命の人に出会うことができるだろうか。デザートはさっぱりとしたフルーツゼリーだ。紅茶をいただきながらソファーで語らった。

「あの解雇事件は今振り返るとどうだい」

「本当によかったです。物事は順調に進んでいたんですね。あれは素晴らしい出来事でした」

「あんなに落ち込んでいたくせに。『もう情けなくて』なんて言っていたじゃないか」

「もう許してくださいよ」と言いながらも、弓池との関係が親密さを増したようで嬉しい。

「でもおかげで人間として成長できたように思います。それにいい人材が来てくれました。今のスタッフはダイエットコンサルティングを始めて、前よりもやる気になったようです。今は全部彼女たちに任せています」

「それはいいことだね。人が能力を発揮して自発的に働くには、自分の重要性を感じられるようにしてあげることが大切なんだよ。それと使命感だ」

「なるほど、たしかに、整体の助手だけをするのでは、その感覚は薄いですね。そういえば、スタッフはお客さんが痩せて目標達成していくのを本当に嬉しそうにしています。使命感もあるのかもしれません」

「人を動かすコツが分かったかな。〝人が動きたくなるボタン〟を見つけてそれを押してあげればいいんだ。それが優れたリーダーだね」

「動くボタンを押してあげればいい、か。なるほど」

スタッフのやる気となるものはお金だけではない。自分が必要な人間だと感じることが必要なのだ。

## 成功の上昇気流に乗る

話題は今後の経営についてのことに変わっていた。

「この調子だと投資額が思ったよりも早く回収できそうだね。前に約束したように、投資したお金を回収すれば経営権は君に譲るよ。そうすれば君は名実ともにこの店の経営者だ。それまで今の報酬でやっていくのはきついと思うけど」

「その分早く自分の店になるのなら嬉しいです」

そう言いながら強烈に恥ずかしくなった。卓也の心の中には疑いがあった。もしかしたら投資を回収しても弓池は経営権を委譲《いじょう》してくれないのではないか、自分はずっと雇われ経営者として使われるのではないかなどという恐れが少なからずあったからだ。弓池にマンツーマンで教えてもらう中で「よしよし自分も〝分かち合いの世界〟に上がってきたぞ」などと自惚《うぬぼ》れていた。だが、まだまだ自分の心の半分は〝奪い合いの世界〟にあったのだ。

弓池に教えてもらった通り、「人は自分と同じ行動を相手もすると考えるもの」だった。そんな卓也の心の中の反省をよそに、弓池は話を続けた。

「そうだね、学ぶレベルが全然違うよ。赤字が出ても報酬がもらえないだけの〝雇われ経営者〟と、赤字が出たらその全部を自分が払わなければならないという〝本当の経営者〟とでは結果に対する意識がぜんぜん違う」

赤字を全部背負うということは恐ろしい気がした。しかし、それは本当の成功者として成長する上で欠かせないステップなのだ。

「そうしたら、早めに法人を設立することだね。合資会社でもいいだろう。そうすれば源泉所得税を引かない金額を受け取れる」

「すみません。税金のこととか詳しくないんです」

「いずれ税理士とか会計士の専門家から話を聞くといいよ」

経営者になると税金の問題は避けて通れない。なんだか新しい厄介《やっかい》な問題のように感じたが、自分の会社を持つという話には心が躍った。自分が社長になる日が近づいているのだ。

翌日、小金井の自宅に報告に行った。がっしりと握手をすると、取って置きのウィスキーを開けて乾杯してくれた。それから例によって一方的な教えを2時間にわたってありがたく聞くこととなった。でも卓也はこの社長が好きだった。まるで卓也を自分の子供のようにかわいがってくれる。語り口調も子供に対する説教のような感じだった。

整体のビジネスを紹介してくれた湯沢のところにもお礼に行った。整体院という土台を提供してくれた大切な恩人だ。湯沢は、遠いのにわざわざありがとうと言って喜んでくれ、逆にご飯をごちそうになってしまった。せっかくだったので、湯沢の経営する整体院を訪ねてみた。そこでは院長と意見交換をすることができた。

ダイエットコンサルティングを教えてくれた石田にもお礼を伝えたかったのだが、海外旅行中で会えなかった。感謝のeメールを書いた。

わざわざお礼のために会いに行くのは、正直面倒くさいという気持ちもあったのだが、それぞれの恩師たちに会うと、全員が成功を喜んでくれ、幸せな気持ちを感じてくれているようだった。皆が「これからも何かあったらなんでも協力するよ」と、前よりもさらに自分に対して協力的な姿勢になった。これが弓池の言う「協力と感謝の循環」ということだ。

5日後に口座に報酬が振り込まれていた。利益の30％で、源泉所得税が10％引かれ、32万4000円だった。そのうちの5万円を実家に入れた。

久々に実家に帰ると、晩ご飯に刺身が出た。

「卓也が家に5万円入れてくれたの」

母が嬉しそうに父に報告する。父が刺身を箸で摘《つま》み上げ、笑いながら言った。

「じゃあこれは卓也の中トロだな」

「こんなに贅沢《ぜいたく》したら、すぐにお金がなくなっちゃうよ」

久々に明るい団欒《だんらん》になった。

「自分で独立してやるというのはなかなか大変だからな」

両親は何も言わなかったが、卓也が新しい仕事を始めて大丈夫なのかとずっと心配していたようだ。特に自分で自営業の厳しさを体験した父の心配は大きかっただろう。それでも辞めたほうがいいとか、怪しい話なんじゃないかとか、引き止めるような言葉は決して言わなかった。親はかわいさのあまり、子供が学ぶチャンスを奪ってしまうことがある。卓也は自由になんでもチャレンジさせてくれる両親に感謝していた。

改めて見てみると、この家もずいぶんボロくさくなった。玄関の横のガラスは2年前に割れ、板でふさいだ応急処置のままだ。台所と洗面所の床は体重をかけると沈んだ。お風呂のドアはガタつき、外れやすくなっている。開ける時は足で下の部分を押さえていないとレールから外れて倒れてしまう。何度か倒れた拍子に風呂の壁に穴があき、銀紙でふさいであった。まるでコントに出てくるボロ屋だ。早く建て替えてあげたいと思った。

卓也の人生は〝成功の微風〟から、渦巻くような〝成功の上昇気流〟に乗り始めていた。

# ◎◎10◎◎ 富と名声に満たされた日々

## 今の自分にふさわしいチャンスがやって来る

毎日の売り上げは順調だった。売り上げ増加は一時的なものではないかと心配していたのだが、そうではなかった。季節による変動はそれなりにあったが、赤字体質からは完全に脱却した。ついに整体院の経営は軌道に乗ったのだ。

一度うまく回りだすと今まで苦労していたのが嘘のようだった。２人のスタッフは期待以上に大変よく働いてくれた。もっとやる気になってもらうために成果報酬を導入した。今までの時給に加えて、ダイエットコンサルティングの売り上げに応じた変動報酬を上乗せしてあげるのだ。これでダイエット部門の結果が自分の給料にダイレクトに反映される。

この条件に彼女たちは喜び、さらにやりがいを感じてくれたようだ。彼女たちも一生懸命働き、その中で多くのことを学んでいた。卓也はこれが〝分かち合いの世界〟なのだと気がついた。そして人は自分に結果が反映されるチャンスに挑んだ時、大きく成長することを改めて実感した。


黒字になって半年後の4月のミーティングでのことだ。弓池の自宅に行くと、半年前に黒字に転換した時のようなごちそうが用意されていた。

乾杯の時に弓池が言った。

「今までの利益を計算したんだ。おめでとう、来月から君は本当の経営者だ」

累積の利益がいくらなのかすっかり忘れていたが、とうとう店の初期投資額を利益で回収し終えたのだ。跳び上がりたいほど嬉しかった。

開店から11か月で回収が終わったことになる。いろいろなことが起きてとても長かったように感じたが、たった11か月間のドラマだったのだ。

「しかし、驚いたね。投資回収まで1年かからなかった計算になる。投資利益率は

100%を超える。普通ならどんな優れた投資だって20%もいけば優秀なほうだ。20%ということは回収に5年かかる計算だね。フランチャイズなら10年かかる場合だってある。君の力は大したものだよ」

「弓池さんのおかげです。僕ひとりでは決してできませんでした。何度もへこんでそのたびに助けてもらいましたから」

「いろいろあったね。パートを解雇したりね」

そう言ってまた解雇事件と落ち込んだ話を持ち出して卓也をからかった。

卓也は達成感に包まれていた。苦しい状況でも諦めなかった自分を誇らしいと思った。整体院を始める前の自分を思い出すと、何倍も成長したのが分かる。以前に弓池が「成功するということは成功することをやるのではなく、成功する自分になることだ」と教えてくれたのを思い出した。今その意味をつくづくと噛み締めた。ダイエットコンサルティングをやったから成功したのだろうか。確かにそれもある。それ以上に、内面の成長、人格的成長が与えた影響こそが大きかった。

振り返ると、中古車を売っていた頃の自分がはっきりと見えた。なぜ儲からなかったのか。当時は中古車業界に原因があるのかと思っていたがそうではないのだ。

自分に原因があったのだ。成功する自分ではなかった。

もし以前の自分だったらダイエットコンサルティングのプランを成功させられただろうか。スタッフの協力とやる気を引き出せただろうか。おそらく今ほどうまくいかなかったと思う。ビジネスはプランだけではない。ビジネスを動かすのは「人」なのだ。それはすべて自分という人間にかかっている。自分の成長とともに成功は成長する。また、もし自分が成長していなかったらダイエットコンサルティングの話もこなかったのではないだろうか。きたとしてもその話は受けていなかったと思う。結局今の自分のレベルにふさわしいチャンスがやって来るのだろう。

## 3つの選択肢

ふと、弓池があまり食べていないことに気がついた。

「このところちょっと体調がよくないんだ。でも大したことはないから心配しなくていいよ」

よく見ると顔色がすぐれないようだ。以前に比べ、少し痩せたように感じる。

「最近、友達と新しいプロジェクトを始めたんだ。時々徹夜することもあって、疲れがたまってるのかもしれないね」

「どんなプロジェクトなんですか」

「時期がきたら教えるよ。今はまだ人に言う段階ではないんだ」

食事を終え、リビングのテーブルにつくと、弓池はメモを取りだし、それを見ながら言った。

「では、新しい契約形態にしよう。3つ考えたんだが、君に好きなものを1つ選んでほしいんだ。1つ目は店舗家賃として月50万円を私に支払う方法。2つ目は店舗家賃を30万円でプラス利益の20％。3つ目は利益の40％。それぞれ残りは君の報酬となる。このうちのどれかを選んでほしい。もちろん意見があれば聞くよ」

最初のはリターンもいいがリスクも高い。利益がたくさん出ると卓也の取り分は増える。逆に利益が減れば赤字になる可能性もある。3つ目の利益の40％というのは、出た利益に応じて払えばいいから、もし将来売り上げが減った時でも弓池に払う額が少なくて済む。2つ目はその中間に位置している。要は、将来売り上げが増えるか減るかの予想しだいということ。増えると思えば、固定にしておいたほうが得だ。減ると思えば、完全に歩合にしたほうがリスクは減る。すぐには決断できそうもない。また重要な決定は早まって下してはいけないという弓池の教えも思い出した。

「しばらく考えさせてください」

「偉い。重要な決定は急いではいけないからね」

相変わらず弓池は褒めて伸ばすプロだった。

弓池と美晴、2人の男の子がいつものように見送ってくれた。裕太が「また来てね！」と大声で手を振っている。

空を見上げると、あたり一面にきれいな星空が広がっていた。

卓也は次のステージにいよいよ登ろうとしていた。

数日後、よく考えた末に、店舗賃貸料を利益の40％の条件でお願いすることにした。売り上げが下がってしまった時のリスクが一番低いからだ。固定で払い続けるには尻込みする自分がいた。弓池と話し合い、契約書では経営指導料という名目に変えた。契約書を交わし正式に経営権が譲渡された。

今後はどんな失敗や損失も自分の責任になる。そう思うと身が引き締まった。今まで自分は雇われ経営者であり、弓池といういつでも失敗をフォローしてくれる存在がいた。安全ネットが下に張られた空中ブランコのようなものだった。これからは自分の責任で経営を行わなければならない。もう安全ネットはないのだ。以前の解雇事件のように、もし臨時の出費が発生した場合や、損害賠償などのトラブルが起きれば、銀行から借りるなどして自分が責任を取らなくてはいけない。その際には保証人も必要だろう。保証人は両親になってもらうことになる。もし返せないことになれば、今度こそ実家の土地と建物は失うかもしれない。そんなことを考えるとぞっとした。

その一方でそうはならないという自信もあった。何をして売り上げが増えたのかも分かっている。逆に何をすれば売り上げが下がってしまうのかも分かった。ここ数か月、店は順調で毎月１００万円以上の利益をキープしている。40％の店舗賃料を支払った残りの60％は卓也の報酬だ。今までの実績から計算すれば、毎月60万円以上が口座に振り込まれる予定だ。これは一時的な幸運ではなく、自分を向上させ、ビジネスでも改善を積み重ねて勝ち取った結果なのだ。

## 不労所得の大原則

経営権が卓也に移った後は季節による波はあったものの、店はほぼ順調に利益を出していた。店と同じく、卓也自身も一時的な安定成長期に入っていた。

順調な繰り返しの中であっという間に半年がたったころ、卓也は久々に銀行で通帳記入をした。出てきた通帳を見て驚いた。預金残高が２５０万円になっていたのだ。

信じられない金額に、通帳のページをめくって確認してみる。２５０万円は正しかった。10万円を切っていた時のショックが強すぎて、銀行口座は空っぽだというイメージがずっと植わっていたのだ。

平均すると毎月約60万円の収入があった。そのうち20万円を家に入れたり、個人の消費に使い、残りの40万円くらいを銀行に貯金していた。貯めているという意識はなかったが、遊ぶこともなく経営に精を出していたので、気づかないうちにお金が貯まっていたのだ。銀行から出て歩き出すと嬉しさがじわじわと広がった。やっとお金がない状態を抜け出したのだ。

250万円。250万円。大金だ。何に使おう。

まず頭の中に浮かんだのは、欲しかった車を買うということだった。スポーツカーを運転する自分を想像するとうきうきとした気分になった。きっと女の子にモテるだろう。友達に見せたら羨ましがるに違いない。

しかし、ここで弓池の教えを思い出した。不労所得の大原則は「投資が先で消費が後」。スポーツカーを買うことはまぎれもなく「消費」ではないのか。また貧乏に戻るのは怖い。今の自分に必要なのは「投資」だ。これを間違うとずっと、時間と引き換えにお金を得るという労働者のままだ。こう頭を切り替えると、新しい整体院を出すことが一番の投資になるということに気がついた。欲しいスポーツカーは中古でも500万円はする。500万円があれば新しい店を出すことができるだろう。弓池のようなアパートを持つのは無理だし、それよりも整体院のほうが少ない投資で儲かる。自分で全額出資して新しい整体院を出店しよう。スポーツカーはその後でも買える。今はまだ安心してはいけない。階段を上に登るんだ。

この調子なら店舗を出すための500万円はあと半年間ほどで貯まるだろう。心が躍る。

しかし、考えていくと新しい店を出すということはいくつかの越えなければいけないハードルがあった。一番大きな問題は人だった。整体の施術には資格が必要だ。パートに任せるわけにはいかない。2号店となる新しい店は誰か資格を持った人に任せなければならない。雇った院長に2号店を任せるか、もしくは今の店を新しい院長に任せて自分が2号店に行くかのどちらかだ。果たして自分と同程度に店の運営をこなせる人材はいるだろうか。そのような人をどこで雇えばいいのだろうか。また、新しくパートを雇い教育しなければならない。お客さんに定着してもらうにはスタッフ全員の心配りが大切だ。それを教えられるだろうか。考えていくと、難しい問題がたくさんあるようだ。明確なのは、新しく店を軌道に乗せるほうが大変だということだ。だから自分が新しい店に行くことにした。そして今の整体院は新しい人を雇って副院長として任せようと思った。

とりあえず養成コースを主催している整体師協会に相談してみた。整体師協会には受講生の名簿が残っている。卒業生の多くは整体師として独立もしくは勤務していたが、タイミング悪く整体院で働けずに他の仕事をしている人もかなりいる。

結局、協会に紹介してもらった数名の中から、副院長として安達清志《あだちきよし》という27歳の男性を採用した。体つきがほっそりしてまっすぐ育ったお坊ちゃんといった感じだ。

清志は高校を卒業してあるメーカーに勤務していたが、なにか自分の力で収入を得るような職業に就きたいと考え1年前に整体師の資格を取った。しかし、その時は求人をしている整体院がなく、借金をしてまで自分で整体院を開くほどの勇気がなかったため、一般の企業に就職して整体師になれる機会を待っていたという。そのかたわら、友人を練習台として整体師としての腕を磨いていた。体についての知識は卓也より勝っているかもしれない。実践の経験に関しては不安があったが、慣れれば大丈夫だろう。清志は独立志向ではなく、社員として雇われるほうが居心地よく、自分に合っていると感じているようだった。

卓也から見て清志は探している人物像にぴったりだった。年齢が自分に近く話しやすい。彼なら自分の言ったことを守ってやってくれるだろう。副院長が、もし独立志向が強くてすぐに自分の店を出すからといって辞められたのでは困る。自分のところでずっと働いてくれる人のほうが好ましい。清志もこのチャンスに乗り気で、すぐに会社を辞める準備をした。退職の意思を告げ、急いで引き継ぎを済ませ、翌月から卓也の整体院で副院長として働くことになった。

## 経営に大切なのは〝仕組み作り〟

新しいスタッフの参加は店によい刺激になるものだ。清志が副院長として働き出して店が活気づいた。特に卓也は副院長の教育という新しい目標ができてやる気いっぱいだった。清志自身も彼が持つお坊ちゃんキャラクターが年上のパートスタッフに受けているようだった。

最初の数週間はつきっきりで指導した。清志の整体師としての技術は予想以上だった。練習によって自信もあったのだろう。落ち着いてお客さんと接しているようだ。しかし顧客満足は整体の中だけにある、と考えているようで、笑顔だとか、ちょっとした世間話でコミュニケーションをとるといった気配りに欠ける傾向が感じられた。さらに卓也にはもうひとつ気にかかることがあった。それは清志が、自分で考えて行動することが苦手だという点だった。臨機応変さや柔軟性に欠けている。そのことは、ちょっとした問題につながることになった。

ある日、清志が施術をしたお客さんから「毎週、同じ曜日の同じ時間に通いたい」という要望があった。それは事前に教えられていない事例だった。清志は卓也に相談しようと思ったが、卓也が休みだったのですぐに相談することができなかった。もし卓也だったら、整体院にとっても予約が埋まることは嬉しいことだからその場で了解し、早速スケジュールを決めてしまうのだが、清志はそうしなかった。卓也に聞かなければ判断できないと思い、お客さんには「院長と話し合ってから連絡します」と伝えた。しかし、業務が忙しくて卓也に相談するのをうっかり忘れてしまったのだった。2週間後、そのお客さんから、

「まだ決まらないのでしょうか」と電話があった。たまたま卓也がその電話を取った。そのような清志の対応に卓也はとてもイライラした。これはお客さんの信用に関わる問題だ。こうしたちょっとした行き違いはリピート率に直接影響する。卓也はすぐに清志を呼び、

「すぐに報告しなければだめじゃないか」と怒った。また、すべてを聞くのではなく、自分で考えて行動してほしいとも伝えた。清志は素直に謝り反省した。

それで問題が解決されたように思えたがそうではなかった。その日から清志の様

子が変わってしまったのだ。元気がなくなってお客さんと接する態度も硬くて暗い。自信を失ってしまったのだった。卓也にはこんなことでなぜ自信をなくして、暗くなってしまうのか理解できなかった。こういったことが何度か続けざまに起こった。

卓也だけだったころは、常に整体院に卓也がいたのでミス・コミュニケーションは起こりようがなかった。

清志に関して小さな問題が起きるたびに卓也の中にストレスが溜まった。清志に対する怒りが蓄積され、とげとげしくなってしまう。また清志も自信をなくし、余計にミスが多くなった。自信のなさはお客さんにも伝わっているようだった。このような状態で店を任せるのはとても無理だ。清志を選んだのは問題だったかもしれないと考えずにはいられなかった。

弓池とのミーティングでこの件を相談してみた。やはり経営で相談できる人がいるというのはとてもありがたかった。

「問題はどこにあると考えているの」といつものように質問から始まった。

「人選を間違えたのかもしれません。整体師として優秀でも店を任せることはできません。経営者として自分で考えて行動してくれないと困ります」

「でも君は、独立せずにずっと店で働いてくれる人を求めていたんじゃないの。そういう人に自分で考えて行動することを求めるのは難しいと思うけど。どう思う?」

「ああ、その通りですね。やっぱり独立志向の人を雇わないといけないのでしょうか」

卓也はどうしたらいいのか分からなくなってしまった。

「私は君の人の選び方は正しかったと思うよ。問題はその後だね。人には向き不向きがある。経営者はその人材に合った使い方をしなければいけない。長所は生かせるようにして短所は補うようにしてあげるんだ。一度は聞いたことあるだろう」

長所を生かして短所を補うという考えはよく聞く話だった。

「いいかい、雇った人を生かすも殺すも経営者次第だ。君の話を聞いていると副院長は柔軟性に欠けるけれど、与えられた仕事はきちんとこなす人なんだろう。ならば『手順』が決まっていれば上手に物事を進められる人のはずじゃないかい」

弓池は卓也が理解できるようにゆっくりと話を進めていった。

「つまり、問題はその人にあったのではなく、業務がマニュアルになっていないということなんだ。これが経営に大切な〝仕組み作り〟というものだ。手順を決めて、誰がやっても同じ結果になるようにするんだ」

思わず手を打つ。

「そうか、分かりました。たとえば何かお客さんから要望があった時には、『このノートに書く』とか『この番号に電話する』とか僕に連絡する方法を決めてしまえばいいんですね」

「そうそう、仕組みができていれば、スタッフが不安になることもない。みんなが自分の業務に集中することができる。君とみんなは違うということを忘れてはいけないよ。少なくとも君は20代の前半で独立したような、ちょっと変わった人間なんだ。そんな人物が周りにいるかい。君は自分ができることはみんなもできると思ってしまう。ところがそうではないから、そのことがお互いのストレスを生んでしまうんだ」

「なるほど。でも、弓池さんは僕なんかよりもずっと変人ですよね」

そう卓也が言うと、弓池はすこし嬉しそうに笑った。

## 常に前に進む人には濃い人生が待っている

次の日から卓也は副院長を含めたスタッフのためのマニュアルを作り始めた。そこに今まで自分がしてきたことをすべて書き出した。また今まで起こった問題を思い出し、今後そういったことが起きた場合の対処方法を決めた。次に、パートの仕事を1日観察して、すべての仕事を書き出した。気がつかなかったがそれらは膨大な量で、とても1日で完成させることはできなかった。施術は清志に任せ、多くの時間をマニュアル作りに費やした。

作成の過程で、あいまいだった事柄がたくさんあることに気がついた。また、同じ業務でもスタッフごとにやり方や理解度が違うことがたくさんあった。これを放っておくと間違いなく問題になりそうだ。スタッフと相談しながらすべてを統一するように徹底した。

こうしてできあがったマニュアルに従って、スタッフが決められたひとつのルールで仕事をすると秩序が生まれた。予約の記入ミスや商品の管理ミスが少なくなった。そして何か問題が起きてもマニュアルを基準にするとその原因が分かるので、マニュアルの手順で作業をするように徹底するとか、マニュアルになければルールを追加するといった対策を立てられるようになった。以前は予約の入れ忘れによってお客さんを待たせてしまうことがあったが、そういうことはめったになくなった。業務全体がスムーズになって顧客満足にもつながった。また、それに伴って、副院長の清志が生き生きとしてきた。迷いがなくなったようで施術に集中できるようだった。マニュアル化の効果は大変大きかった。

弓池との次の定例ミーティングでは、マニュアルの導入がうまくいったことと副院長が慣れてきたことを報告した。最近では以前ほど深刻な話し合いをするようなことはなく、雑談のような感じだ。しかし、卓也にとってはその雑談の中にも学ぶことは多かった。その中で、弓池から「そろそろ会社を創ったらどうか」とアドバイスされた。

紹介してもらった行政書士と相談して、会社名や役員の名前、本店所在地、業種などを決めた。会社名は「有限会社チクタク」にした。理由は、卓也の「たく」を使おうと思って出てきたのがこれだったというだけだ。後で時計屋に勘違いされることが何度かあったが、それはそれで楽しかった。手続きは行政書士の先生がすべてうまくやってくれた。2週間後、登記が終わって登記簿の謄本《とうほん》を受け取った瞬間は嬉しかった。

**有限会社チクタク**

**代表取締役　泉卓也**

とうとう会社の社長になったのだ。24歳で独立してから長かったものの、実際になってみるとあっけないくらい簡単なもので少し拍子抜けした。

2号店を出す計画は着々と進んだ。計画通り今までの整体院は副院長に任せ、2号店には自分が入る。副院長の清志は顧客にも十分信頼を得ているので任せても大丈夫だろう。

目標としていた資金も貯まって自力で出店できる。

2号店はすべてがスムーズだった。店舗探し、パートの面接と採用、内装の手配など、2度目だということもあって、すべてがうまく進んだ。

そして半年後の春、無事2号店がオープンした。開店の前夜祭では、付き合いのある業者から届けられた花で店の入り口がいっぱいになった。前回と同じく弓池と湯沢、それに今回は小金井や石田も顔を出してくれた。この日がきっかけでもともと整体院を教えてくれた湯沢の店でも石田のダイエットコンサルティングを取り入れることになった。石田にも湯沢にも感謝された。初めて卓也がつないだ人脈らしい人脈だ。やっと成功を手伝ってくれた人たちに少しだが恩返しができただろう。

それぞれが歓談する室内を見回して1号店の時を思い出す。ずっとずっと昔のことのような気がするが、まだあれから1年半しかたっていないのだ。なんという濃密な時間だったのだろう。それ以前の人生が薄く感じる。常に先へ先へと進む人間と同じところにとどまっている人間とでは人生の濃度が違うのだ。濃い人生は楽しい。

## 豊かさを味わうのはすばらしいこと

撒いたチラシの反応はなかなかよかった。整体院とダイエットコンサルティングの相性がよく、好調な滑り出しだ。パートの業務に関してはマニュアルができていたし、卓也は院長としての仕事に完全に慣れている。パートが不慣れなため、最初の数週間は多少混乱があったが、全体としては1号店の時とは違い信じられないくらいにスムーズだった。

1か月目は十数万円の利益だった。リピートの顧客がいないためあまり数字は伸びなかったが、赤字続きだった1号店と比べると段違いのすばらしい成績だ。次第にお客さんも定着しはじめ、遠からず1号店と同じくらいの利益が出るようになるだろうと推測できた。

1号店の時は、先が見えないという不安があったと思う。今の卓也にはそういった不安はなかったし、それ以外のストレスもずっと少なかった。理由を考えてみると、ひとつは一度プロセスを経験しているのと、もうひとつは1号店から毎月60万円程度が安定して入っていたので、お金に関して、プレッシャーがほとんどなかったからだ。この2号店で利益が少なくても生活が圧迫されることはない。それがストレスを大きく減らしていた。しかし一方で、自分で出資した店であり、自分の名義で借りているという新しい次元のプレッシャーは感じていた。

月を追うごとに、2号店も徐々に軌道に乗り始めた。半年がたつと毎月100万円前後の利益を生むようになった。

1号店の時とは違って全額出資している。卓也の1か月の合計収入は一気に

160万円になった。信じられない大金だった。自然と、毎月毎月預金口座の金額は増えていった。

この分だと年収は2000万円近くになるはずだ。

毎月100万円が入ってくるというのは気分がいいものだ。やっと貧乏を脱したのだ。大金持ちとはいえないが、小金持ちの仲間入りくらいはしただろう。

以前は「月収100万円」という響きに憧れていたのだが、達成してみると意外と感動がないことに逆に驚いた。もっともっと劇的な出来事なのかと想像していた。

車を買わずに2店舗目を出してつくづくよかったと思った。もし先に車を買ってしまっていたら、収入は60万円のままだっただろう。あの時、消費を我慢して先に投資を行ったおかげで、欲しいものはある程度好きに買えるという状態になった。

ところが、毎月口座の残高が増えていくのに、相変わらず必要最低限のものしか買うことができなかった。貧乏生活が長すぎたからだろうか、いざ欲しいものを買おうと思ってもなかなか買うことができないのだ。

ミーティングの雑談の中でそれを話題にした時に弓池がこう言った。

「君は贅沢をすることに罪の意識を感じているんじゃないだろうか。自分で思い当たるふしはないかい？」

「そうだ、贅沢をしないためにも自分に対して、贅沢は悪いことだと言い聞かせてきました」

「他にはどうかな。ご両親はお金やお金の使い方に対してなんと言っていたかな」

その言葉で思いあたることがあった。母のお金に対する考え方たった。母は「本当に必要なものだけあればいい」と考えていた。「贅沢はしすぎないほうがいいのよ」と言っていたのも覚えている。気づかないうちに影響を受けていることは確かだった。

「この世の豊かさを味わうのはすばらしいことだ。決して悪いことじゃない。むしろ、罪悪感にさいなまれながら贅沢をするなんて地獄だからね」という弓池の言葉に励まされて、自分の古いルールを変えようと思った。月にひとつずつ欲しいものを買おうと決めた。

卓也は手始めにまずCDショップに行って思う存分CDを買うことにした。今までは雑誌を読んで選んだり、ショップで試聴したりして慎重に決めていた。今日は店頭でざっと見て気になるもの、聴いてみたいものを全部買うのだ。思えば貧乏時代にずっと憧れていた行為だった。店内を歩き、聴いてみたいものを手当たり次第にかごに入れる。ところがいざレジに持っていく時には、「こんなにたくさん買ってはいけないのではないか」という思いがよぎった。金額を暗算してみると約4万円。今の卓也の収入にしてみれば、まったく問題のない金額だ。こんな程度の買い物で思考にブロックがかかってしまうのかと情けなくなる。そんな罪悪感を振り切ってレジを通すと、なんともいい気分になった。またひとつ壁を越えた気がした。

翌月は机と椅子を買い換えるためにインテリアショップに行った。今まで興味もお金もなかったのでそのような店に来たことなどなかった。雑誌の中にあるような洗練された家具を「今の自分にはどれでも買うお金があるのだ」という気持ちで見てまわるのは気分がよかった。気になったソファーにゆったりと座ってみたり、テーブルをゴツゴツと叩いたりしながら見てまわっていると、ひとつのワークデスクセットが目に留まった。そのセットは黒で統一され、机の天板はガラスになっており黒のフレームとの組み合わせがとても洗練されていた。椅子は座面がメッシュで背もたれの硬さやアームの高さなどを調節できる。タグにはアーロンチェアと書いてあった。値札を見ると合計で25万円だった。今までの感覚では高いと感じたが、現在の収入なら全く問題はない。そのセットを買うことにした。数日後それらが家に届いた。卓也は嬉しくてしばらく座りながらニヤけていた。

毎月その調子で、パソコン、オーディオセット、プラズマテレビと次々に欲しかったものを買った。高価なものばかりだったが、もう気にはならなかった。

確かなのは、「それでも毎月口座のお金は増え続けている」ということだった。それは不思議な感覚だった。思い切って贅沢に使っても、翌月になると前の月よりも増えているのだ。

そしてとうとう一番欲しかった車を購入した。ホンダの「NSX」。日本で最も値段の高いスポーツカーだ。さすがに1000万円する新車には手が出なかった。中古車屋を営んでいたので古物取扱商の免許を持っている。その免許があれば中古車を買った時の取得税は払わなくていい。中古車屋の知り合いに頼んで年式の新しい程度の良いものを手に入れた。

2週間後、工場で整備され、エンジンから足回りまで完璧な状態で整えられたNSXが運ばれてきた。ついに夢がかなったのだ。町に出てNSXを乗り回していると成功者になった気分だ。信号で停まっているとみんなが注目した。羨望の視線を浴びるのは気分が良かった。

　時々店を閉めた後、ひとりでドライブに出かけた。夜10時ともなると道路はどこもすいている。東名高速道路から首都高に入って、環状線を走った。トラックやタクシーの間を縫うようにして飛ばしていると、まるでテレビゲームをしているようだった。NSXは高性能なスポーツカーで、少しアクセルを踏めば背後のエンジンがうなりを上げて車体を加速させた。アドレナリンが卓也の血を沸き立たせた。ドライブしながら卓也は生きているという興奮を味わった。その結果、ついついスピードを出しすぎて、3か月の間に2度もスピード違反で捕まることになったのだが。

　時には、弓池を誘って、フェラーリとNSXの2台で夜のツーリングを楽しんだ。2台の派手なスポーツカーは、常に注目を集めた。この時になって初めて、卓也は弓池が恐ろしいほどの飛ばし屋だと知った。

　卓也は富がもたらす興奮を存分に味わっていた。

　物以外にも、おしゃれなカフェでくつろぐとか、ホテルでランチを食べるといった、今までお金がかかるからという理由で敬遠していたことをたくさん経験した。

世の中にはお金を払えば体験できる特別なことがたくさん用意されていることに驚いた。世の中は豊かさとワクワクさせる遊びに満ちているのだ。

弓池は卓也が大きな収入を得たことについてとても喜んで祝福してくれた。

「収入は社会に貢献していることの証明だからね。しかも君の場合は組織の力ではなく自分の実力だ。私も誇らしいよ」と言ってくれた。自分が価値あることをしているのだと勇気づけられた。

以前のように弓池に相談しなければ解決できないような事件や悩み事は滅多に起こらなくなっていた。何をすればいいかは1号店でほとんど経験して知っていたし、今では何でも自分で考えて対応できた。それに、自分自身が成長しており、以前と同じ問題は起きなくなっていた。つまり弓池の言う通りだった。問題は成長のために必要だから自分が引き寄せるのだ。だからそれを乗り越える過程で必要なことを学んでしまうと、同じ問題はやってこなくなる。成長こそが成功の鍵なのだ。今では、なぜ中古車屋が儲からなかったか、整体院でパートとうまくいかなかったか、劣等感や自尊心がいかに自分を苦しめていたかが、高いところから眺め下ろすようにはっきりと見えた。

## マスコミからの取材

最近、弓池はどことは言えないが雰囲気がまた変わったようだ。以前から特別な人間だと感じてはいたが、更に上のレベルへと成長を遂げている気がする。また、他にも数人の起業家に投資し、経営の相談に乗ってあげているようだった。卓也としてはそれはそれで寂しくはあった。弟や妹が生まれ、親にかまってもらえなくなった子供とはこんな気持ちなのだろうか。

それでも毎月のミーティングは欠かしていなかった。ただ、もうそれはビジネスの相談というよりも、遊びに行って雑談をするという感じだ。ある時そこで思いもしない話をもらった。

「ある雑誌で成功した起業家を探しているらしい。君がいいんじゃないかって思うんだけど、よかったら出てみないかい。ギャラは出ないけど」

「僕がですか」とすっとんきょうな声を上げてしまった。自分が成功者としてインタビューを受けるなんて考えてもみなかったことだ。雑誌の名前を聞いてさらに驚いた。どの書店でも見かける有名なビジネス雑誌だったのだ。とても自分には不釣合いな気がする。迷ったが「そんなに気を張らなくてもいいよ」と弓池に言われ、その話を受けることにした。

何日かして整体院に雑誌の編集者がやって来た。生まれて初めてのインタビューだ。なんだか慣れないことで緊張した。何か気の利いたことを言わなければと思ったが、そんなセリフは出てこなかった。そこで弓池に教わった成功のノウハウのいくつかを話した。いつもノートを見返しては復習しているのでばっちり頭に入っている。編集者はそれを感心しながら聞いてくれた。インタビューの後は写真を何枚か撮った。これが雑誌に使われるのだと聞いて顔がこわばった。

2か月ほどしたある日、A3サイズの厚い封筒が送られてきた。開けると完成した雑誌が入っていた。ドキドキしながら自分のページを探した。大きな自分の写真がすぐにみつかった。想像以上に大きく載せられている。なんという不自然な笑顔だ。全部の雑誌を回収したいほど恥ずかしい。記事は24歳で起業し、いくつもの試練をくぐり抜け、今では夢のような生活を手に入れた若き成功者の物語が綴られていた。それは感動的にアレンジされ、苦難をものともしない豪傑として書きたてられていた。弓池から教わった成功法則がなぜか自分の経験から学んだというふうに書き換えられている。思わず「こんなの自分じゃないよ」とつぶやいた。

しかし、両親はとても喜び、雑誌を仏壇に飾った。30冊も買い込んで親戚と近所に配ったようだ。親バカ丸出しである。

有名な雑誌のために読者も多く、整体のお客さんの中にもその記事を読んだ人がいて「雑誌見ましたよ」と声をかけてくれた。そのたびにあの最悪な写真が頭をよぎるのだった。

一番驚いたのは、雑誌が発売された週に起こったことだ。休日にちょっと優雅な気分でカフェで本を読んでいると、ひとりの男性が近づいて来た。そして緊張した声で「もしかして泉さんですか」と声をかけられたのだ。手には卓也が載っている雑誌のページを開いて持っていた。そんな場合は「はい、そうです」としか返事ができない。彼によると、たまたま雑誌を読んでいると目の前にその人がいる。写真と実物を何度も確かめて思い切って声をかけたのだという。興奮気味の男性は握手とサインを求めて来た。握手には応じたが、サインは生まれてこの方したこともない。漢字で「泉卓也」と書いた。我ながら間抜けだ。

あまり立っていられると目立つので「席に座りますか」と勧めると彼は喜んで

座った。特に話すこともないので弓池から教わった成功のノウハウのいくつかを話してあげると、そのまなざしは尊敬と憧憬《しょうけい》に輝いていた。くすぐったい感じがしたが、気分はとても良かった。

この日の出来事が卓也のヒーロー願望に火をつけた。次に備えてサインも練習したほうがいいだろうか。家に帰ってからいくつか試しに考えてみた。ノートに何回も練習しながら女の子にサインをねだられる場面を想像した。それがきっかけになって付き合うことになったりしてなどと妄想はとどまるところを知らない。思わず顔がニヤけてしまう。サインを練習しながらニヤける男というのも怪しい図だ。

面白いことにひとつの雑誌の記事が連鎖反応を生んだ。その記事を見た他の雑誌の編集者が取材を申し込んできたのだ。卓也は店の宣伝にもなるからと全部を受けた。もちろん裏には「モテるかも」という下心がある。床屋ではなく美容院に行き、鏡の前で写り方の研究をした。写真で失敗をしたくないので細心の注意をした。

その後、毎月何かしらの雑誌や新聞で取り上げられるようになった。マスコミ関係者というのは他の雑誌の記事を情報源としてチェックしているようだ。だからひとつに出ると、それが呼び水となって他誌からも取材を受けるようになるのだ。数えてみると1年間で10件以上の記事になった。まったく同じ記事になっても面白くないので、編集者と相談しながら毎回切り口を変えるようにした。共通しているのは卓也をヒーローに仕立て上げようとする点だった。そのほうが読者の受けがいいのだという。卓也もヒーローになれるのは嬉しかった。

マスコミの記事は意外な集客効果があった。それを読んで整体を受けてみたいという人が月に数人だが来るようになったのだ。それとは別に記事を見て卓也に会いたいという電話やメールも来るようになった。男性がほとんどだがそれは女性からもあった。最初は区別なく気軽に会っていた。会うと相手がやたらと緊張していて面白い。緊張している相手と話すと偉くなったようでなかなか愉快だった。ところが相手が女性の場合はなぜか自分が異常に緊張してしまう。下心があるからだろうか。本当は仲良くなりたいのに、なぜか格好いい成功者を演じようとしてしまうのだ。相手との間に不自然な壁を作ってしまう。その壁のせいで個人的な付き合いに発展しそうな気配はまるでなかった。自分がなぜそんなふうに振舞ってしまうのか分からなかった。

## アドバイスは安売りしてはいけない

卓也は会った人には弓池から教わった成功のノウハウを話してあげていた。するとみなとても感動して「アドバイスを聞けてよかったです」と帰っていく。卓也は有名な偉い人として崇《あが》められる快感を楽しんでいた。「ひょっとしたら弓池さんレベルになったかも」と思ってしまう。

最初の数か月はそんな〝ファン〟に会うのが楽しかったが、だんだんと疑問に感じるようになった。自分も弓池からたくさんのことを教えてもらった。だから自分も会いたいという人がいれば分け隔てなく会って役立つアドバイスをしてあげようと思った。

ところがしばらくして、アドバイスをしてもそれを実践する人としない人がいることに気がついたのだ。悲しいことにほとんどが〝実践しない組〟だった。卓也にはどうして実践しないのか不思議で仕方なかった。そういう人はどうやら会うだけで何かありがたい話を聞けて、自分もなんとなく成功しているような気分になっているようなのだ。弓池にそのことを話すと笑ってこう言った。

「アドバイスは安売りしてはいけない。人は払った犠牲と得た価値を同じだと考えるものだ。100円で買ったものは100円の価値しかないと思うし、1万円で買えばそれだけの価値があると思うのさ。つまり、君が私のアドバイスを真剣に聞いて実行したのは、課題をクリアしたからじゃないかな。もし、初めて会ったその日にアドバイスをしたら同じくらい真剣に聞いただろうか」

「いいえ……。あ、そうか！　価値を高めるために課題を出したんですか」

「そうだよ。でも純粋に君が教えるに値するかどうかを行動で判断したかったというのもあるね。今だから言うけど、ちゃんとクリアできたのには驚いたね」

「え、でも考えられたものじゃないんですか？　深い意味があるのかと思っていました」

「その場で適当に考えただけだよ。まあ、両極端の人生に触れるという意味はあったけどね」

適当と言われてものすごくガッカリしそうになったが、適当に考えてもちゃんと押さえるところは押さえられている。弓池のこういうところがすごいと思うのだ。

〝実践しない組〟が成功するはずもない。それからは相手のためにならないので軽々しくアドバイスをしないようにした。また自分の時間だけが意味もなく取られてしまうので、今後は会う目的が明確な人とだけ会うことにした。

それにしても弓池の言葉には感服するほかなかった。やっぱり弓池はすごい人だ！　卓也は弓池に近づいたなどと思い上がっていた自分が恥ずかしくなった。

有名な成功者として見られるのはすぐに居心地が悪くなった。それは奇妙なギャップにあった。記事を見て会いたいと言ってくる人は、本当の卓也ではなく記事に書かれた成功者としての〝幻想の卓也〟に会いに来ているのだ。必要以上に緊張しているのも彼らが卓也を特別な人物で完全無欠の偉大な成功者と思い込んでいるからだろう。自分は本当のところまだまだそんな成功者ではない。確かに多少金持ちにはなったが、弓池のような本物の成功者と比べたらまだまだレベルが低すぎると思う。そんなふうに本当の自分と相手の思い込みの間に高すぎても低すぎても大きなギャップがあるのはどうも疲れるものだ。

独身の女性とは何度か会う機会があったが、個人的に仲良くなることはなかった。もしかしたら付き合ったとたんに幻想が崩れてがっかりされることが怖いのかもしれない。特別な人間だと思われたいくせに、自分をありのままに見てくれる女性がいいなどと考えてしまう。

そんなことを考えるようになってから取材は全部断るようになった。そのうち記事になることもなくなり、一時のブームのようなものは過ぎ去った。それとともに、卓也に会ってほしいという電話やメールもほとんどこなくなった。

毎日が忙しく過ぎていった。秋も終わりに近づき、もうすぐ冬がやってこようとしていた。

卓也は買いたいものが次々に買える現在の状態に満足していた。同年代の他の人と比較したら使えるお金はたくさんある。卓也の収入を聞いて友人の誰もが羨んだ。確かに自分は豊かだと思う。それに2つの店を自分の力で運営しているという充実感もあった。自分は役立つ人間なのだと感じられた。それはずっと求めてきた感情だ。時々、今もし自分が死んだらと想像してみる。すると確実に困る人が大勢いる。2つの店のスタッフは特に困るだろう。そう思うと必要とされているという実感が湧いた。

現状にほぼ満足しているのだが、心のどこかでこれはゴールではないという意識もあった。弓池という成功者の見本が近くにいるので、今よりももっと上のレベルがあることを知っていた。だがそれ以上は深く考えなかった。今の居心地のいい場所から危険を承知で大変な冒険をする気にはならなかったからだ。

ある日の夕方、整体院で施術をしていると久々に湯沢から電話がかかってきた。

「卓也君、弓池が倒れて救急車で運ばれました！　私は今から病院に行くところです。入院先は○×病院の……」

一瞬、心臓が止まる。視界が現実の感覚を失う。

卓也の頭を「もしかしたら弓池が死ぬかもしれない」という考えがよぎった。

◎◎11◎◎

# 成功者からの贈り物

## 突然の知らせ

「なんで倒れたんですか!?」

「あいつは何年か前にも倒れたことがあるんです。脳に関係する病気と言ってました。最近は何事もなかったように元気にしていたんですが、実は回復したのが奇跡だったらしいんですよ」

湯沢から聞いた病院名を急いでメモした。まだ閉店まで2時間ほどある。整体の予約はいっぱいに入っていた。今すぐ飛び出したかったが、こちらから突然キャンセルするわけにはいかない。1号店にいる清志に電話してみたが、彼も自分の店の予約で手いっぱいらしい。自分の代わりに仕事をできる者はいない。すぐにでも駆けつけたかったが、鉄板の上でジリジリと焦がされているような気持ちで、1人ずつ予約をこなしていくしかなかった。

最後のお客さんが終わると店を飛び出して病院に向かった。午後7時の高速道路は混んでいる。今日はとりわけ渋滞がひどく、なかなか進まないのがもどかしかった。

途中でもう一度、すでに病院に着いているはずの湯沢に電話をした。周りに気を使っているのだろう。携帯電話の潜めた声から、事の深刻さが伝わってくる。

「弓池は午後2時に自宅で倒れてから病院に運ばれたそうです。それから今も手術を受けています」

そういえば半年くらい前から具合が悪そうだったことを思い出した。自分は何かするべきだったと自責の念が持ち上がった。しかし今の卓也にできるのは渋滞の車の列に混じってのろのろと病院に向かうことだけだった。それはまるで悪夢の中の出来事と同じく永遠に続くようだった。時々、もしかしたら弓池が死んでしまうのではないかという考えがよぎると、心臓をぎゅうっとつかまれるような苦しさに襲われた。

やっと病院に到着したのは1時間後のことだった。急ブレーキで車を駐車場に停めると、車から飛び降り、走って夜間の受付窓口を探す。やっと見つけた窓口で弓池が運ばれた場所を聞く。救急治療室で手術を受けているという。

消毒薬のにおいがする病院の廊下を走ってその方向に向かう。

もう面会時間が終わったのか、時々すれ違うパジャマ姿の入院患者以外ほとんど人影はない。

通路の先にたくさんの人が見えた。そこは廊下が広くなった場所で「待合室」という札がかけられていた。スーツを着た人も多く、30人ほどがソファーに座ったり壁にもたれかかったりしていた。

その集団から少し外れたソファーに湯沢を見つけた。湯沢も力なく手を挙げて応える。

「弓池さんはどうですか」と尋ねて自分がひどく息を切らしているのに気がついた。胸が苦しい。

「手術は5時間も続いているんですよ」と声を潜めて教えてくれた。その声には心配と疲れがにじんでいた。もっと多くの情報を聞きたかったがそれ以上の会話は息を整えてからでないと無理だった。荒い息遣いのせいか、周りの注目を集めてしまった。無理に呼吸を抑えると、酸欠で目の前がふっと暗くなった。

5時間の手術と、以前にも同じように倒れたことがあると聞いて、かなり危険な状態なのだろうと思った。

周りを見渡してあらためてなぜこんなに多くの人がいるのかと考えていると、湯沢が言った。

「弓池が病院に運ばれたという知らせを聞いて駆けつけた人たちですよ」

この全員が弓池と何かしらの関わりを持っているとは驚きだった。お互い知り合いの人たちも多いようだった。

そのうちのひとりが卓也のことを見て近寄ってきた。

「失礼ですが、泉さんですか」

「はいそうです」

「やっぱり。弓池さんからお話を伺っていました。雑誌の記事も拝見しました」

彼は卓也と同じように弓池から支援を受けている起業家らしい。握手を求められたので応じた。しかし、卓也を嫌な気持ちにさせたのは見覚えのある〝幻想の〟偉大な成功者を尊敬するまなざしだったからだ。あっけに取られていると、同じように数人が近寄ってきて握手を求められた。今このような緊急な場面でこんなふうに扱われるのは耐え難かった。

すみませんと謝ってその場から離れた。どこかにいるはずの美晴を探した。一番奥の長椅子に美晴と二人の息子を見つけた。近づこうとしたが一瞬足が止まった。ハンカチを握りしめ、落ち着かない様子の美晴にどんな言葉をかければいいのだろう。全く思い浮かばなかった。

ただ挨拶をすると、美晴は「忙しいのにありがとう」と言った。

裕太は卓也を見ると「卓ちゃん、遊ぼう！」と言って卓也の手を引いた。美晴はそれを、

「おとなしくしていなさい」と頭をなでて優しく諭した。

「もう5時間も手術していると聞きました」

「実は彼はあなたと出会う5年前くらいにも倒れたことがあるの。その時には、お医者さんはもう意識が戻ることはないと言ったのだけれど、翌日には意識が戻って

奇跡的に何事もなかったかのように元気になったの。私がもう少し気をつけていれば……」

裕太は元気に騒いでいたが、どこか無理にはしゃいでいるようだった。

そこにいる全員がただ待つしかなかった。何もせず、ただ未来の出来事が現実になるのを待つだけだ。それはもっとも辛い時間だった。お互いに小さな話し声で何かおしゃべりしている人たちもいたが、ほとんどの人は黙ってそれぞれの頭の中でさまざまな思いをめぐらせていた。

30分ほどして、ドアが開いた。看護婦が出てきて静かな声で家族を呼んだ。

全員の視線が集まった。

空気が張り詰める。

妻である美晴と付き添いの美晴の両親が部屋に通される。2人の子供は卓也が預かった。下の子は疲れ果てて寝ていたが、お兄ちゃんの裕太は泣きそうな顔で卓也の手をぎゅっと握っていた。

全員が結果を見守っていた。

通されてすぐに部屋から美晴の悲痛な泣き声が聞こえた。

それと同時に、待合室にいた人々の間にもどよめきが広がった。誰かが「うそだろ?」とつぶやいた。

そこにいる全員が弓池の命が終わったことを感じた。隣を見ると湯沢が顔を覆って肩を震わせて泣いている。

卓也の頭の中は真っ白になった。まるで何か自分とは関係ないドラマの一場面を見ているようだった。弓池の死を実感できなかった。素直に泣ける湯沢を羨ましいとさえ感じた。

今、人生の中でもっとも悲しい事件のひとつに出会っているはずだった。それなのに、卓也の心は波ひとつ立たず、静まっていた。

ただ父親を亡くした2人の子供の人生を思うと切なかった。抱く腕に自然と力が入った。

帰りの車の中でも不思議と涙は出なかった。なんだかぽっかりと心に穴が開いてしまって感情の働きが止まっているようだった。これは何かの間違いか、明日になれば弓池が生きている日常に戻るような気がした。今日が〝たまたま死ぬ日〟というだけで、一晩眠ればゲームのリセットボタンを押したようにすべて元通りになるのではないか。

車を家の駐車場に停めると、体中に疲れがどっと押し寄せてきた。歓迎に出てきたディアの頭をぎゅっと強く抱きしめた。愛犬のにおいと柔らかな毛の感触に、疲れた心がじんわりと癒される。

あらためてディアを見た。若い時は全身それこそ真っ黒だったが、今では年老いて口の周りの毛がすっかり白くなっている。もう7歳になっていた。大型犬の寿命は10年といわれている。死ぬまでの残りの年数を思ったその時、卓也は震えるほどの恐怖を感じた。そう遠くない日に死んでしまうことになる。おかしな話だが、恩人の死は悲しくないのに、愛犬の未来の死を思うと体の芯から耐え難いほどの寒気がしたのだ。愛犬を亡くしても普通の生活を続けられるだろうか。

「ディア、死んだらまた黒のラブラドールに生まれてくるんだよ。またうちにおいで」

そう頭をなでながら何度も語りかけた。

その後の数日間は弓池の通夜と葬儀とで、悲しむ暇もなくあわただしく過ぎていった。

葬儀は残された者たちのためにあるものだ。儀式を行うことで親しい人の突然の死を受け入れられるようになる。卓也もこの世に弓池はもういないのだという実感をようやく得られるようになってきた。それでも、卓也の心に悲しみはまったくやってこなかった。

それよりも卓也は夫を亡くした奥さんと2人の幼い子供のことが心配だった。弓池から言葉にできないほどたくさんのものをもらった。だからこそ自分が何かしてあげなくてはと感じていた。母子家庭になればきっと経済的に苦しくなるだろう。お金の面で必要があれば喜んで援助をするつもりだった。とにかく何不自由なくしてあげることが弓池への恩返しだった。

## 跳ね馬の継承者

葬儀が終わった3日後、卓也は美晴に会うために弓池の自宅を訪れた。

「何かお手伝いすることはありませんか。お金のことでも、必要があれば何でもします。遠慮せず言ってください」

「葬儀のお手伝いだけで十分よ。心配してくれてありがとう。このあとのことは、彼がぜんぜん問題がないようにしておいてくれたの」

美晴は弓池の〝死ぬ準備〟を語ってくれた。それを聞いて卓也はその完璧さに驚いた。弓池はあらかじめ、自分が死んでも家族が決してお金で困ることがないように周到な準備をしていたのだ。

自宅は法人名義のもので、法人の筆頭株主は美晴夫人になっていた。フェラーリさえも法人の名義で弓池の個人名義のものはひとつもなかった。投資していた企業とは個人ではなく法人で契約をしていた。つまり、お金の流れはすべて法人を通る仕組みだったのだ。すべて相続税を考えてのことらしい。

また、弓池は自分に多額の生命保険を掛けていた。法人を設立してからすぐに節税の目的で加入したのだという。間もなく美晴夫人はそれを受け取ることになる。弓池はその保険金をどう使うかをあらかじめ指示していた。信頼できる投資不動産コンサルタントに相談し、保険金の6割でいくつかマンションやアパートを購入し、残りは海外のファンドに分散して投資するようにということだった。

さらに法人は美晴夫人が代表取締役に就任し、額は半分ほどに減るものの、設立に関わったいくつかの企業から、売り上げや利益に応じて報酬が振り込まれるようになっていた。その報酬は毎月100万円を下回ることはなかった。弓池はその契約がずっと実行されるよう、誠実に約束を守るような人とだけビジネスを築いていた。

光栄なことに卓也もその中に入っていた。卓也は感心すると同時に、自分が役に立てるのだと分かって嬉しかった。ただし、その契約期間は2人の子供が成人した年で切れるようになっていた。

「彼は私によく『もし一生努力なくお金が入り続けると、自分の力で生き抜く強さが身につかないし、自分で財産を築く過程こそに素晴らしい感動があるのだ。子供たちにもその感動を味わわせてあげたい』と言っていたの」

必要以上の保護は人をだめにしてしまうものだ。美晴も夫の考えに賛成していた。

「私は、できれば子供には一生お金の心配なく生活させてあげたいと思ってしまうのだけれど、それは甘やかして子供を不幸にさせるだけなのね。彼のほうが本当に子供たちのことを考えていた。本当に素晴らしい父親だったわ」

卓也はその考えを聞いて、弓池の態度がなんとなく自分への接し方と似ていると思った。

美晴はすっと立ち上がると、ガレージ近くの棚に行き何かを手にとった。チャラと金属音がした。

「これね、あなたに乗ってもらいたいの。私はこんな車は運転できないし、売って知らない人の手に渡るよりは知り合いに乗っていてもらいたいでしょう」

美晴が差し出しだのはフェラーリの鍵だった。しかし、自分が受け取ることはとてもできないと思った。卓也の中ではこの赤いフェラーリは弓池とひとつだった。永遠に弓池のものでなければならない。

卓也が躊躇《ちゅうちょ》しているのを見て美晴が言った。

「彼もこれを眠らせておくよりも誰かが乗ってくれたほうが嬉しいでしょう。それにはあなたが一番ふさわしいと思うの。彼はあなたに一番目をかけていたから」

それは最も嬉しい言葉だった。卓也は両手で鍵を受け取った。

ガレージには、主人を亡くした赤いフェラーリがじっと佇《たたず》んでいた。卓也は生前に弓池がよくやったように、まずボディーをやさしく触り1周してからドアを開けて中に乗り込んだ。キーをひねるとこの時を待っていたかのようにエンジンが息づいた。その音は初めてホテルの駐車場で弓池と出会った時のものと同じだった。

美晴がガレージのシャッターを開けるボタンを押してくれた。

アクセルを吹かしながら優しくクラッチをつなぎ、ゆっくりと発進させる。

このままドライブして来よう。

バックミラーを見ると美晴がずっとこちらを見ていた。夫を思い出したのだろうか、涙を拭いているようだった。

## 成功とは成功する自分になること

ハンドルを握りながら弓池の〝死ぬ準備〟思い返していた。用意の周到さはまるで死ぬことを知っていたようだった。月100万円の報酬は2人の子供が成人する時点で切れるという話を思い出した。

「弓池さんらしいなあ」とつぶやいて笑った。

普通の親なら子供に会社を継がせたいと思うだろう。自分の築き上げてきた会社は誇りだ。子供にとってもそれを継ぐのは魅力的な話のはずだ。しかし弓池はそうはせずに、わざわざゼロから築き上げる経験をさせようとしている。弓池のいつものやり方だった。卓也に教える時も先に間違った選択肢を全部取り除くことはしなかった。選ぶ自由を与えてくれたし、経験させてくれた。

そこまで考えて、卓也はあることに気がついてぞくっとした。

「弓池さんは、僕から〝失敗するチャンス〟を奪わなかったんだ」

思えば自分は整体院の経営でたくさんの失敗をしてきた。失敗は損失につながり、その月に得られるはずの利益をみすみす逃した。弓池にとっては投資した見返りが得られなかったことになる。卓也はそのたびに弓池に対して申し訳ない気持ちになったものだ。しかし、失敗に対して弓池は一度も責めたり、プレッシャーを与えたりすることがなかった。

改めて考えれば、弓池ほどのビジネスの経験者でセンスを持った人間なら、卓也の失敗を全部ではないにしろほとんど予見できていたに違いない。何をすればいいか、何をしてはいけないかをすべて前もって指示し、必要な手を打ち、成功の確率を限りなく高めることもできただろう。しかし、弓池はそうしなかった。

最初に教えてくれた2つのことを思い出した。ゴールは人生の成功者になるということ。そして、すべての選択肢の中から成功者にふさわしいと思うものを自由に選び、その結果を経験することが大切だと。もしもその結果が間違ったものだと気がついたら、選択を意識的に変えていく。弓池はゴールとそこにたどり着く方法を教えてくれたのだった。整体院の経営を通してそのプロセスを体験させてくれた。

成功者にならなければ、成功はありえない。成功するということは成功者であるということだ。弓池は「最初に、成功者であることを思い出せ」と言っていた。

成功者としてふさわしい考え方と行動を取れば、成功を体験する。

だから今、成功を体験している！

弓池が死んだ今もそれなりに成功しているし、これからはもっと成功するだろう。

卓也の中で輪がつながった。

「それが〝他の人の成功に貢献した時、最も大きな成功を手に入れる〟ということなんだ！」

弓池は失敗を未然に防げばもっと早くから投資の見返りが得られたはずだ。でもそれをしなかったのは、目先の利益ではなく〝最も大きな成功〟を選んだからだ。つまり、先回りして道を決めてしまうのではなく、卓也から失敗を取り上げず、失敗の中から学ぶ方法を教えた。こうやって卓也の成功者としての成長を手助けしたのだ。だから失敗をしても決して責めずに、励まし、祝福さえしてくれた。常に愛にあふれていた。

もし、目先の見返りを優先して卓也の歩く先からすべての失敗を取り除いていたらどうだっただろうか。確かに早々に利益が出ていたかもしれない。しかし、卓也は今ほどは成長していなかっただろう。温室で育った植物は弱々しい。温室から出されれば、すぐに枯れてしまう。卓也も弓池の保護がなければ生きていけない人間になっていたかもしれない。

今では卓也は整体院を弓池の手を借りなくても運営できるようになっていた。それは、整体院が運良く軌道に乗ったからではない。卓也がビジネスを成功させられる人に成長したからだ。だから、弓池が死んだ後も整体院からの利益が弓池の会社に入り続ける。卓也が経営していく力を身につけたから、弓池は不労所得を手に入れたのだ。弓池個人は死んだが弓池の会社と卓也の会社で交わした契約はずっと続く。会社を引き継いだ美晴は経済的に悩むことなく子供を育てることができる。もし、卓也が〝成功する自分〟になっていなければそれによって引き起こされる大きな問題で整体院の経営が挫折する危険性も高い。そうなれば収入も途絶え、美晴は苦労することになるだろう。

「成功するということは、成功する自分になることだ」という言葉をかみ締めた。

そして、相手が成功する自分になるのを助けた時、相手だけではなく助けた自分も大きな成功を手に入れることができるのだ。

〝他の人の成功に貢献した時、最も大きな成功を手に入れる〟

それが愛そのものであると感じた。

今、それを現実に実行した弓池という偉大な大物の姿が見えた。

彼は〝不安〟ではなく、〝愛〟を選ぶ生き方を、身をもって示したのだ。

全身に鳥肌が立った。

人生の中でしかも、この年齢で弓池という存在に出会えたことはなんと幸運なことだろう。

彼が包んでくれた愛の深さと大きさをひしひしと感じていた。胸のあたりが急に温かくなった。それは全身に広がっていく。

弓池と過ごした場面が次々によみがえってきた。すると突然、卓也の中で今までどこかに行っていた悲しみの感情が堰を切ったようにあふれ出してきた。

一瞬泣きそうになるのを抑えようとしたが、止めることはできなかった。

それはあまりに強烈な感情だったために、卓也が受け入れる準備ができるまで心の奥深くにしまいこまれ、ふたをされていた。そして今、それがやっと開放されて、卓也の心に濁流となって押し寄せてきたのだ。

卓也は声を上げて泣きじゃくった。

今まで弓池の死を拒絶していた。人生を変えてくれた恩人であり、理解者であり、心を育てる旅の案内人だった。弓池が大好きだった。その存在はあまりに大きすぎた。

初めてホテルの駐車場で出会った時のこと、2つの試練を終えて拍手をして迎えてくれた時のこと、整体院を開店した日、許しと愛について教えてくれたこと、共に過ごしたたくさんの瞬間が脳裏に浮かぶ。その度に何度も泣いた。

卓也の心は悲しみを味わいつくしていた。それが悲しみをポジティブなエネルギーに変える唯一の方法だった。

悲しみを克服した卓也の心は以前よりもはるかに強いものになっていた。

振り返ってみると、今まで自分は起業というロッククライミングをしていたような気がする。

初めは誰にも教わらず独りでそびえ立つ岩に登った。少し登ってすぐにどうにもならなくなった。いつ自分が落下して死ぬかと恐れていた。しかし諦めて降りることはしなかった。どうしても上に登りたいと思って震えながら岩肌にしがみついていた。その時、はるか高みにまで登った指導者が現れ、一気に進路が開かれた。それからは彼に導かれながら反り返った岩壁を登ってきた。そして今、指導者はこの世を去り、次の足を置くべき場所を教えてくれる者はいなくなった。

これから先に登るためにまだまだ知らないことは多かった。

しかし、すでに指導者から自分が目指すべき場所とそこにたどり着く方法を教えてもらった。

成功とは成功する自分になることだ。そして、他の人の成功を手伝うこと。

「僕にはどんなに高い山にも登っていく力がある！」

卓也は強くハンドルを握って、目の前に広がる世界に向かい、そう宣言した。

そしてまた涙をあふれさせながら「ありがとうございました」と深く何度も何度も感謝した。

## あとがき

『チャンス』は2003年の5月ごろから12月に書き上げた作品です。僕の処女作ということになります。

実はその時すでに一冊成功ノウハウ本を書き終わっていたのですが、「どうも違うな～」と世に出すのをためらっていたところでした。そんなとき、『ホワンの物語』（飛鳥新社刊）という成功小説に出会い、とても感動しました。僕の記憶ですと、当時、海外には『史上最強の商人』『アルケミスト』など優れた成功小説があるのに、日本にはそのようなものがなかったように思います（本田健さんの『ユダヤ人大富豪の教え』も神田昌典さんの『成功者の告白』もまだ出ていませんでした）。『ホワンの物語』は、アメリカのビジネス界で大成功した人が書いた成功小説なのですが、日本人が読むのなら現代の日本を舞台にしたもので、さらに深い心の部分も書いたらもっといいかもしれないと思ったのがこの本を書くきっかけでした。

早速これをベースにおおまかなストーリーを考えてみました。そうしたら作者である自分が、感動して泣いてしまったんですね。「ああ、弓池さん……」みたいな(笑)。これはいい物語になるぞ！　と意気込んで本格的に執筆を始めたんです。

しかし、なにぶん小説を書くのは初めてのことで、慣れないことも多く、何度も何度も書き直し、友達の経営者の方々にも読んでいただいて、貴重な意見を頂戴し、やっとこのような形にまでこぎつけました。アドバイスをいただいた皆様ありがとうございました。


さて、読み終わり「この素晴らしい弓池さんはきっと犬飼ターボ自身に違いない」と思われた方がいらっしゃるかもしれませんが、残念ですが違います。僕はあんなに人生を悟った素晴らしい人間ではありません。むしろ卓也くんに近いです(笑)。実際、24歳で中古車ブローカーとして起業して一度失敗した男ですから。弓池さんに会うまでの卓也くんはほとんど僕の過去そのままです（その後、僕が何をやってきたかについては僕の公式ホームページで公開しています）。

最初のキーワードでもある「ビジネスで成功したいのですか？　それとも人生で成功したいのですか？」という弓池さんの問いかけは、実際に僕が上手くいっていないときに、ある成功者からいただいた言葉です。そのときの僕があまりにも、金がない！　金が欲しい！　金の儲け方を教えてくれ！　というガッツキオーラを発していたからでしょうね。

その問いに対する僕の正直な気持ちは「もちろんビジネスに決まってるじゃん!!!」だったのですが、普段は眠っている脳内コンピューターが超高速で働いて、「ココハ『人生』ト答エタホウガ好印象ヲ与エル確率ガ高イナリ」という結果をはじき出しました。で、澄ました顔で「人生です」と答えたんですね。主人公の卓也くんは素直に「ビジネス」と答えてしまったので、ぼくのほうがちょっとだけ頭の回転が速く、ズル賢いと言えるかもしれません（笑）。

一方、弓池さんのモデルは特定の人ではありません。いろんな人が混じっています。

人物の雰囲気は、30％は先ほどのあの成功者のイメージが入っています。その後、その方から特には教わってはいないのですが、やっぱりあの一言だけでも強烈なインパクトがありました。また、弓池さんは僕自身じゃありませんといいましたが、ちょっと人と距離を置いて接したり、卓也をからかったりするあたりに、何%かは僕の性格が入っています。残りは、僕が理想とするメンター像でしょうか。

そんなごちゃ混ぜの人物に、もし起業したての頃の自分が目の前にいたら、こんなことを教えてあげたかったということを優しく語ってもらいました。


この成功小説のビジネスの展開は、そのままのモデルがあります。

2000年、僕は〝ある方〟から整体院のビジネスを紹介していただき、数店を出しました。この物語で書かれている出来事、売上が伸びない店舗とか、パートさんたちが……した事件とか（あとがきから読まれた方のために伏せておきます）は、そこで現実に起きた事件そのままなんです。そのときは本当にどうしようかと慌てましたし、正直「なんでこんな問題を起こすんだよ、もう！」とその店舗の経営者に腹を立てたりしましたが、今ではこうして本のネタになっているのですから、むしろ感謝せずにはいられません。

ここで、整体院のビジネスを紹介してくださった〝ある方〟のことを書かせてください。その方は星野明さんといいます。本書では、湯沢さんのモデルにもさせていただきました。

物語の中で弓池さんと卓也くんが湯沢さんの整体院を見学に行った場面は、僕が初めて星野さんの店舗を見学した時のことを思い出しながら書きました。

星野さんのご自宅は、物語の中のような犬用プールはさすがにありませんでしたが、スウェーデン住宅で、木のぬくもりが伝わってくる素敵なおうちでした。

彼は古本ビジネスで大成功されたものの、僕と出会う何年か前に骨髄移植の必要な病気にかかりました。医者から手術が成功する確率は50％と言われたそうです。しかし、星野さんは手術をせずに民間療法によって奇跡的な回復をされたのです。

彼は、

「私はそれまで自分さえよければいいと考えて生きてきました。ところが、奇跡的に命が助かった後、信じられないかもしれませんが『これからは人のために生きなさい』と神様の声が聞こえたんです。もし役立つならこのビジネスモデルを犬飼さんのところで起業したい人に使ってください」

と僕に話してくださいました。

星野さんは今年に入って再度入院しましたが、病気を完治させるために抗がん剤を打ってその副作用と闘いながら、退院の日を待っています。

順調に行けば、2005年9月には退院できそうだということでした。

この物語の舞台を提供してくださった星野さんが元気になられることと、そしてこの本がみなさんの人生の成功のチャンスになることを願いつつ、筆を置きます。

犬飼ターボ

2005年6月26日

# 文庫版　あとがき

本作『ＣＨＡＮＣＥ』は２００３年に書いた私の記念すべき第一作目です。

この物語は私の実体験を元にしています。起業したての24歳ごろの自分を「卓也くん」、書いている31歳の自分を「弓池さん」として登場させました。小説を書くのは初めてだったので何度も書き直してとても苦労したのを覚えています。

発売当初から地道に売れ続け、去年ついに10回目の増刷がされました。文庫化は2回目です。多くの方に口コミで紹介していただいたことに心から感謝しています。

本作を読んだ方からよくいただく質問があります。

最も多いのは「弓池さんのようなメンターはいたんですか」という質問です。メンターは特にいません。私はいろんな先輩方からいいところを学んできました。

フェラーリについての質問もよくされます。車は好きですがフェラーリは乗っていません。もらったこともありません（笑）。

整体院は実際に経営していました。ただ私は整体の施術はできません。オーナーとして4店舗を持っていました。ある店舗で起きた事件をそのまま描いています。

〝ディア〟という名前のラブラドール・レトリバーは飼っていました。14歳まで生きました。今は八ヶ岳の庭にお墓があります。

このあとがきを書くために数年ぶりに読み返したのですが、過去の自分の人生が詰まっていて胸が熱くなりました。いろいろなことを思い出しますね。

現在の自分から見て修正したい教えがほとんどなくて意外でした。ただ「ビジネスは好きなことでなくてもいい」という説明は、複数のビジネスを持つ事業家としては役立つ考え方ですが、小規模の経営者はやはり好きなこと、興味があることを選んだほうが改善の意欲が高まるので良いと思います。

それ以外の部分は起業のノウハウを学ぶ本として今でも必要にして十分な内容だなと感じました。これは執筆するときに、時代が変わっても変化しない、普遍的な法則だけにしようと決めたからだと思います。

この本をきっかけに、たくさんの方と出会うことができました。

今でも読んだ方が講座に話を聞きに来てくれますし、「10年前に『CHANCE』を読んで起業しました」とか「人生が変わるきっかけになりました」と感謝を伝えていただきます。つくづく本を書いてよかったなと思います。

口コミが多いといいましたが、人から人へ伝えてもらえるのは本当に嬉しいことです。

自分の人生を歩みたい方、これから独立しようとしている方、すでに自分で経営者としてやっているけど低迷から抜け出すきっかけがつかめないという方にはぜひこの本をお勧めしてあげてください。もしかしたら人生を変える鍵を渡すことになるかもしれません。


最後に、文庫化を記念して私からのプレゼントがあります。
①物語中に登場した「成幸のカニミソ」
②音声ファイル「成功に役立った7つの法則」
を期間限定で無料進呈いたします。左ページのQRコードを読み取ってページにアクセスしてください。本書の物語があなたの人生にも広がりますよ。

どんどん幸せに成功するあなたになりますように。

犬飼ターボ